KB218996

부테스

BOUTÈS

부테스

BOUTÈS

PASCAL QUIGNARD

파스칼 키냐르 지음
송의경 옮김

문학과지성사

파스칼 키냐르 Pascal Quignard

1948년 프랑스 노르망디 지방의 베르뇌유쉬르아브르(외르)에서 태어나 1969년에 첫 작품 『말 더듬는 존재』를 출간했다. 어린 시절 심하게 앓았던 두 차례의 자폐증과 68혁명의 열기, 실존주의·구조주의의 물결 속에서 에마뉘엘 레비나스·폴 리쾨르와 함께한 철학 공부, 뱅센 대학과 사회과학고등연구원에서의 강의 활동, 그리고 20여 년 가까이 계속된 갈리마르 출판사와의 인연 등이 그의 작품 곳곳에서 독특하고 끔찍할 정도로 아름다운 문장과 조화를 이루고 있다.

죽음의 문턱까지 갔다가 귀환한 뒤 글쓰기 방식에 큰 변화를 겪고 쓴 작품 『은밀한 생』으로 1998년 '문인 협회 춘계대상'을 받았으며, 『떠도는 그림자들』로 2002년 공쿠르 상 수상의 영예를 안았다. 대표작으로 『로마의 테라스』 『혀끝에서 맴도는 이름』 『섹스와 공포』 『옛날에 대하여』 『심연들』 『빌라 아말리아』 『세상의 모든 아침』 『신비한 결속』 『눈물들』 『하룻낮의 행복』 『세 글자로 불리는 사람』 등이 있다.

옮긴이 송의경

서울대학교 불어불문학과를 졸업하고 프랑스 엑상프로방스 대학 박사과정을 수료했으며, 이화여자대학교에서 박사학위를 받았다. 이화여자대학교와 덕성여자대학교에 출강했다. 키냐르의 작품 『은밀한 생』 『로마의 테라스』 『떠도는 그림자들』 『혀끝에서 맴도는 이름』 『섹스와 공포』 『옛날에 대하여』 『빌라 아말리아』 『신비한 결속』 『눈물들』 『하룻낮의 행복』 『세 글자로 불리는 사람』과 그 외 다수의 문학 작품을 우리말로 옮겼다.

부테스

제1판 제1쇄 2017년 7월 27일
제1판 제4쇄 2025년 1월 24일

지은이	파스칼 키냐르
옮긴이	송의경
펴낸이	이광호
펴낸곳	㈜문학과지성사
등록번호	제1993-000098호
주소	04034 서울 마포구 잔다리로7길 18(서교동 377-20)
전화	02) 338-7224
팩스	02) 323-4180(편집) / 02) 338-7221(영업)
전자우편	moonji@moonji.com
홈페이지	www.moonji.com

ISBN 978-89-320-3028-9 03860

이 도서의 국립중앙도서관 출판예정도서목록(CIP)은 서지정보유통지원시스템 홈페이지 (http://seoji.nl.go.kr)와 국가자료공동목록시스템(http://www.nl.go.kr/kolisnet)에서 이용하실 수 있습니다.(CIP제어번호: CIP2017016162)

차례

일러두기

1. 이 책은 Pascal Quignard의 *Boutès*(Paris: Galilée, 2008)를 우리말로 옮긴 것이다.
2. 파스칼 키냐르의 원문에는 주가 없다. 본문의 각주는 옮긴이가 보충 설명한 것이다.
3. 강조하기 위해 원서에서 이탤릭체로 표기한 것을 본문에서는 고딕체로 표기했다.

제1장

그들은 노를 젓는다. 계속 젓는다. 바다 위를 달려간다. 활대의 마룻줄 위로 돛이 팽팽하게 당겨져 있다. 노 젓는 힘에 빠른 바람까지 가세하자 배는 쏜살같이 전진한다. 여인의 얼굴을 한 새들이 사는 섬에 접근한다. 세이렌이란 그리스어 이름으로 불리는 새들이다. 갑자기 놀랄 만큼 아름다운 여자 목소리가 울린다. 목소리는 바다 위를 날아 노 젓는 사람들에게 와 닿는다. 섬에서 발원된 목소리이다. 그들은 즉시 노 젓는 걸 멈춘다. 노래가 듣고 싶어서이다. 노를 놓아버린다. 자리에서 일어선다. 돛을 풀어 내린다.

닻을 내릴 바위를 찾는다. 서둘러 닻줄을 풀어 던진다. 섬의 해안으로 가고 싶어서이다.

바로 그때 오르페우스가 배의 갑판으로 올라와 앉는다. 허벅지 위에 거북이 등껍질을 올려놓는다. 트라케[1]의 집에서 몸소 제작한 키타라[2]의 줄을 힘껏 잡아당긴다. 리라의 칠현에 두 현이 추가된 악기였다. 피크로 엄청나게 빠른 속도로 현을 긁어 대립 선율을 연주한다. 세이렌들의 유혹을 물리치기 위해서이다. 아폴로니오스[3]는 이 곡이 어찌나 요란스러운지 **오직 피크 소리만** 귀에 울린다고 기록한다.

이제 새들이 노래하는 강렬하고 아름다운 선율이 바다에서 물러서는 듯하다. 경악을 금치 못할 노래가 50명의 영웅의 귀에 더 이상 분명하게 들리지 않는다. 그러자 그

---

1   그리스 북동부의 옛 지명. '트라키아'라고도 한다.

2   고대 그리스의 현악기.

3   Apollonios de Rhodos(B.C. 295?~B.C. 225?): 고대 그리스의 서사 시인. 『아르고 원정대 *Argonautica*』의 저자. 알렉산드리아에서 도서관장 직을 지냈다.

들은 세 마리 새로부터 눈길을 돌린다. 소위 사람의 얼굴을 한 새들이 자신들을 바라보며 젖가슴을 쑥 내밀고 고음으로 노래하는 모습이 참으로 충격적이었기 때문이다. 그들은 각자의 자리로 돌아간다. 다시 노를 잡는다. 배는 이미 바다를 가르고 있다. 그들은 오르페우스가 키타라를 긁는 것과 같은 속도로 빠르게 노를 젓는다. 손놀림에 리듬을 부여하기 위해서이다. 어느새 돛이 부푼다. 부풀어 오른 돛이 선원들의 팔에 다시 힘을 보탠다. 아르고호는 이미 섬에서 멀어진다. 그때 느닷없이 부테스[4]가 노를 놓아버린다.

그는 자리에서 이탈한다. 갑판으로 올라가 바다로 뛰어든다.

출렁이는 물결을 헤치며 헤엄친다.

그의 머리통이 까마득히 멀어진다. 바닷물을 가른다. 섬

---

4   Boutès: 바다의 신 포세이돈이라고도 한다. 이아손 등과 함께 황금의
     양털 가죽을 찾는 아르고호의 모험에 참가했는데, 세이렌의 노랫소리
     에 홀려 아르고호의 선원들 가운데 유일하게 바다로 뛰어들었다.

에서 제일 먼저 나타나는 암석들 주변에서 일어나는 검은—그리스어로 *porphyres*[5]—파도 속을 오르내린다.

아폴로니오스의 기록에 따르면, 부테스는 **노래를 들으려는 열망이 타올라** 기운차게 헤엄친다. 여인의 얼굴과 젖가슴을 지닌 암컷 새들의 고음이 물속에서 쭉 뻗은 그의 육체를 끌어당긴다. 그는 해변에서 불쑥 튀어나온 험악한 바위로 헤엄쳐 다가간다. 바위 뒤편으로 이미 초원이 보인다. 그는 이제 노래하는 섬에 막 닿으려는 참이다. 섬은 말 그대로 '노래하는 중인en-chantant' 해변, **홀리는**enchanteresse 땅이다. 그는 바야흐로 풀밭에, 그리하여 죽음의 순간에 닿으려고 한다. 다음은 아폴로니오스의 기록이다. 새들이 이미 그에게 다가와 **귀환을 차단하려고**($\nu\delta\sigma\tau\sigma\nu$ $\dot\alpha\pi\eta\acute\upsilon\rho\omega\nu$) 할 때 큐프리스[6]가 물에서 그를 끌어낸다.

부테스는 큐프리스의 품 안으로 사라진다. 그녀에게 들

---

5   실은 그리스어 *porphyres*는 검은색이 아니라 자주색을 뜻한다. 키냐르의 오류로 보인다.

6   그리스 신화에서 사랑의 여신인 아프로디테의 다른 이름.

러붙는다. 그녀를 꿰뚫는다. 부테스를 품에 안은 큐프리스가 시칠리아 섬의 절벽에 이르러 그를 바다에 내던진다. 릴리베[7] 곶의 다이버로 만든다. 부테스가 바로 다이버의 원형archétype이다. 그는 카프리 섬 맞은편 파에스툼[8]의 작은 박물관 지하 석실 천장에서 볼 수 있는 다이버로 간주되어야 된다. 다이버가 티레니아[9] 해에, 죽음에 몸을 던지는 순간, 생식기가 달린, 거무스름한 작은 체구의 알몸이 공중에 정지된 것처럼 뚜렷하게 보이는 한 지하실 구석에서, 계단 뒤에서, 어둠과 서늘함 속에서 우리는 그저 경악을 금치 못할 뿐이다.

*

7   Lilybée: 그리스어로 릴리베오라고도 하고 라틴어로는 릴리바에움이라고 한다. 시칠리아 섬의 주요 해군 기지였다.
8   Paestum: 이탈리아 서해안, 나폴리 남쪽 약 80킬로미터 지점에 있는 작은 촌락.
9   Tyrrhenia: 에트루리아인이 거주하여 나라를 세운 고대 이탈리아 지명. 현재 토스카나 지방에 해당한다.

큐프리스가 부테스를 바다에서 끌어냈다. 큐프리스는 거품에서 태어난 아프로디테이다. 아프로디테는, 정확히 말하자면 우라노스[10]의 성기가 크로노스[11]에게 잘려 하늘에서 바다로 떨어졌을 때 태어난 여신이다. 정액에서 태어난 여신이다. 그녀는 부테스의 정액으로 에릭스를 낳는다. 여신의 이름 앞부분 *aphros*는 그리스어로 거품을 뜻한다. 아프로디테와 부테스는 바다에서 '태어난' 자와 바다에서 '죽은' 자이다.

부테스는 세이렌의 노랫소리에 홀려 아프로디테의 거품 속에서 익사한다.

*

모든 음악에는 느닷없는 호출, 시간의 독촉, 마음을 뒤흔

---

10 Ouranos: 하늘의 신. 대지의 여신인 가이아의 아들이자 남편.
11 Cronos: 우라노스와 가이아의 아들.

드는 역동성이 있다. 그리하여 우리를 이동시키고, 자리에서 일어나 음의 원천을 찾아가게 만든다. 부테스가 (아프로디테에게보다) 음악에 속하는 것은 아도니스[12]가 (아프로디테에게보다) 사냥에 속하는 것과 같다. 여신의 사랑의 대상인 두 '연인─주인공'은 아프로디테의 독점적 연정을 야기한 성적 사랑보다 미지의 것에 대한 훨씬 거대한 욕망에 응답한다. 그들의 욕망은 사회적 재생보다 더욱 큰 것이다. 그래서 그들은 베누스[13]를 잊어버린다. 그들의 탐색은 주변적이고 분명 고독한 작업이다. 하나는 멧돼지를 만나고, 다른 하나는 바닷새를 만난다.

*

12 Adonis: 아프로디테의 사랑을 받은 미소년 아도니스는 사냥을 하다가 멧돼지에게 물려 죽었다.
13 Vénus: 그리스 신화의 아프로디테를 로마 신화에서는 베누스라고 부른다.

미케네 문명 말엽부터 신비한 섬에 관한 전설이 전해져 왔다. 섬의 해안에서 들려오는 새들의 노랫소리에 선원들이 매료되어 목숨을 잃게 된다는 거였다.

해안을 지나는 뱃사람들은 홀려서 죽게 될까 봐 두 귀를 밀랍으로 막았다고 한다.

음악가인 오르페우스조차 이 노래를 계속해서 들을 마음이 전혀 없었다.

율리시스[14]가 최초로 이 노래를 들으려고 했다. 그는 신중을 기하려고 배의 돛대에 자신의 두 손과 발을 묶게 했다.

오직 부테스만 바다로 뛰어들었다.

*

'분해analyse'의 양상이 처음으로 그리스 세계에 등장하는

---

14   오디세우스의 영어식 이름. 키냐르는 두 이름을 섞어서 쓰고 있다.

것은 호메로스[15]의 『오디세이아』[16] 제12권 200행에서이다. 율리시스가 묶인 끈 — *ἀνέλυσαν* — 에서 풀려나는 — *ἐκ δεσμῶν* — 것은 에우릴로코스[17]와 페리메데스에 의해서인데, 그들은 청동 칼로 꿀벌 집에서 밀랍을 잘라내 미리 자신들의 귀를 틀어막았었다.

그리하여 기록상으로 최초의 '분해'는 율리시스의 몸을 동여맨 밧줄의 매듭이 풀리는 순간에 나타난다. 그가 죽지 않고 '옭아매는 여자들 lieuses'의 '밧줄 lien'을 무사히 통과한 다음이다. 세이렌들 Seirèniennes은 옭아매는 여자들 lieuses이다. 세이렌은, 묶인 자 오디세우스의 면전에서 묶는 자이다. 세이렌 *seirèn*은 *ser*(묶다)에서 파생된 단어이다. 그리스어 *seira*는 밧줄을 가리킨다. 고리 매듭이 진 밧줄, 보다 정

---

15 Homeros(B.C. 800?~B.C. 750): 고대 그리스 서사시의 최고봉인 『일리아스』와 『오디세이아』의 저자.
16 '오디세우스의 노래'라는 뜻으로 24권(1만 2,110행)으로 된 대서사시이다.
17 Eurylokhos: 오디세우스 선박의 부선장.

확히 말해 *σειρά*는 스키티아인[18]들이 적들의 목에 던지던 올가미이다.

*

그런데 나는 서구적 사유의 주인공들을 잠시 잊고자 한다. 밧줄로 손과 발을 꽁꽁 묶은 율리시스를 잊으려고 한다. 키타라의 가지런한 현들을 팽팽하게 당기고 잡아 뜯기를 되풀이하며 음조를 맞추는 데 몰입한 오르페우스를 잊으려고 한다. 아주 잠깐, 책 한 권의 시간, 그것도 이렇게 분량이 작은 책, 음악에 바쳐진 신작인 이 짧은 책을 쓸 동안이라도 나는 훨씬 덜 알려진 부테스라는 인물에 주의를 기울이고 싶다.

18   B.C. 8세기~2세기경 러시아 남부의 초원지대에서 활약한 최초의 기마유목 민족.

*

부테스는 노를 놓고 일어선다.

갑판으로 올라가서 뛰어내린다.

춤을 추듯 넘실거린다.

오르페우스는 갑판으로 올라가서 앉는다. 앉아서 피크로 키타라를 긁는다. 리게이아와 레우코시아와 파르테노페[19]의 노랫소리에 **맞선다**. 아폴로니오스의 말에 따르면 그는 **세이렌들의 귀에 피크 소리가 요란하게 울릴 때까지** (ἐπιβρομέωνται ἀκουαὶ κρεγμῷ) 피크를 극도로 시끄럽고 빠른 리듬으로 긁어서 그녀들의 노래를 물리치고, 호출하는 목소리를 덮어버린다.

무릇 위대한 시인들이 그렇듯이 로도스[20]의 아폴로니오스의 말은 **매우 분명하다**. 즉 피크를 긁어대는 기술적이고

---

19 세이렌들의 이름. 오디세우스를 유혹하는 데 실패하자 바다에 투신해서 자살했다.

20 Rhodos: 고대 그리스의 중세 도시.

사회적이며 즉각적인 악기의 반격은 멀리 근원의 섬에서 들려오는 목소리의 호출을 무력화시킬 임무를 지닌다는 것이다.

혹은 사람의 손으로 제작된 키타라의 음악이 짐승의 노랫소리가 지닌 아연실색할 위력에 장애가 된다는 뜻이기도 하다.

내가 '짐승의 노랫소리'라고 옮긴 말은 아폴로니오스가 *ἄκριτον αὐδήν*이라고 부르는 것이다. '임계臨界 부재'의 목소리, 즉 분리되지 않은 불분명하고 연속된 목소리이다.

곧이어 아폴로니오스는 '날카로운'이란 형용사를 덧붙인다.

'임계 부재의acritique' 목소리는 삶이 전개되는 세계에서 비롯된 것이므로 당연히 소프라노이다.

삶이 전개되는 세계란 남성의 세계에서 겪는 변성기가 없는 오직 여성만의 세계이다.

부테스는 바로 이 세계를 향해 돌진해 간다.

아폴로니오스는 첫번째 세계의 임계 부재의akritos 소프라노라는 오래된 음역에 팽팽하게 당겨진 악기의 현들을

긁어대는 시끄럽고 **빠른** 리듬을 대립시키고 있다. 후자는
노를 젓는, 계속해서 노를 젓는 오직 남자들만의 그룹을
위해 박자를 맞추고 있는 중이다.

*

아폴로니오스의 생각은 명백하다. 그가 보기에 음악은
두 종류이다. 하나는 파멸의 음악(**귀환을 제거한다**는 말
로 탁월한 정의를 내리고 있는 음악)이고, 다른 하나는 구
원의 음악이다. 후자는 오르페우스의, 분절된, 집단의 것
으로 공동체의 일체감을 고취시켜 선원들이 신속하게 노
를 젓게 만드는 음악이다. 명령받고 명령하는 순전히 인
간의 것인 이 음악은 **귀환을 명령한다**. 아폴로니오스는, 오
르페우스가 아연실색케 하는 노랫소리를 **능욕한다***ebièsato*,
즉 막무가내로 공격한다고 기록하고 있다. *Παρθενίην δ'
ένοπὴν ἐβιήσατο φόρμιγξ.* 프랑시스 비앙[21]은 『아르고 원정
대*Argonautika*』[22]의 네번째 노래 969행인 이 문장을 이렇게
번역했다. "오르페우스는 세이렌들의 노래를 **물리쳤다**." 그

19

리스어를 축자적으로 옮기면 이러하다. "키타라가 처녀들의 노래를 **능욕했다.**" 경악을 금치 못할 노래를 침해함으로써 오르페우스는 목소리로 드러난 여성성을 능욕한다. 요컨대 오르페우스는 **순전히 남성적인** 폭력으로 임계 부재의 노랫소리를 억압한다.

*

오르페우스의 음악은 철학적 사고와 마찬가지로 두려워한다.

둘 다 난바다를 원치 않는다. 길 잃기를, 물로 뛰어들기를, 그룹에서 이탈하기를, 죽기를 두려워한다. 정신분석가와 피분석자도 마찬가지로 한 사람은 안락의자에, 다른 사

---

21   Francis Vian(1917~2008): 서사시와 그리스 신화에 정통한 프랑스의 학자.
22   아르고호를 타고 떠난 선원 50명의 영웅 전기를 바탕으로 한 서사시로 전 4권이다. 두 개의 판본이 전해지는데 큰 차이는 없다.

람은 팔과 다리를 고정시킨 자세로 고통의 침대에서 듣고 말한다. 언어 밖으로 뛰어내리지 않는다. 그들은 배를 떠나지 않는다.

아마 선창船艙으로 내려갈 테지만 바다로 뛰어들지는 않는다.

부테스는 갑판으로 올라가 뛰어내린다.

음악은 사고思考가 두려움을 느끼는 곳에서 사고한다.

음악에 앞서 여기 있는 음악, '길을 잃을' 줄 아는 음악은 고통을 무서워하지 않는다. '파멸'에 노련한 음악은 이미지나 명제로 스스로를 보호할 필요도, 환영이나 몽상으로 자신을 기만할 필요도 없다.

음악이 고통의 밑바닥에 닿을 수 있는 이유는 무엇인가? 그곳에 거주하기 때문이다.

분절된 언어에 앞서 존재하는 노랫소리는 애도에 잠긴 '길 잃은 본성la Perdue'으로 다이빙한다. 무조건 뛰어내린다. 부테스가 뛰어내리듯 그저 뛰어내릴 뿐이다.

*

슬픔의 세계 끝까지 갈 용기 있는 자는 누구인가? 음악
이다.

잇따르는 어떤 음들이 다시 불러일으키는 즉각적 애정
만을 내심 염두에 두어야 한다. 이런 리듬은 신체가 호흡
을 시작하기도 전에 심장과 연결된 것이다. 이런 관계는
끊어지지 않는다.

*

프랑수아 루스탕[23]이란 정신분석가는 이렇게 쓰고 있다.
"상담이 진행되는 동안 핑곗거리를 말하는 날카로운 음색
은 점차 사라지면서 보다 장중하고 간결하고 본질적인 톤
으로 바뀐다."

프랑수아 루스탕은 분석 상담의 검토를 통해 임계 부재
의 노랫소리가 몸속 깊은 곳에서 다시 솟아오름을 보여주

23   François Roustang(1923~2016): 프랑스의 철학자이며 정신분석가.

고 있다.

　개인의 두개골 내부에서 의식의 형태로 반복 실행되는 국어國語로 표현된 사회적이고 초자아적인 사고 아래로, 즉 국가의 상투적 선전 구호 아래로, 가족의 강박적 불평 아래로, 대상의 장광설 아래로 생기 있는 사고가 귀환한다.

　말들 이전의 오래된 경계 태세가 귀환한다.

　언어보다 앞선, 시간보다 앞선, 의식보다 앞선, 태양 자체와 대기보다 앞선 내면의 시원적 수하誰何가 다시 표출된다. 아니 다시 **솟아오른다**.

　나는 바닷물의 오래된 **통주저음**通奏低音을 떠올린다.

　음악은 아무것도 재-현re-présent하지 않는다. 다시 느낄re-sent 뿐이다.

　음악은 아직 정서의 울림에 불과할 때의 이름과 흡사하다. 언어가 아직 한낱 언어활동에 지나지 않는 시기에, 그리고 습득되기 이전의 언어가 오랫동안 우리의 영혼을 '강제로 장악한($\dot{\epsilon}\beta\iota\dot{\eta}\sigma\alpha\tau o$)' 시기에 누구나 언어의 음악을 따르게 된다. 언제나 이러한 음들 — 음들의 의미 작용이 아니라 — 은 우리를 일어서게 하고, 우리를 부르는 자들을

향해 가게 만든다. 우리의 이름은 죽을 때까지 우리를 목
놓아 부른다. 여자의 젖가슴을 지닌 새의 오래된 목소리가
부테스를 부르는 것도 그러하다. 이름보다는 심장의 박동
으로 그를 부른다. 그래서 부테스는 노 젓는 자들의 대열
에서 이탈하고, 말하는 자들의 사회를 떠나고, 배에서 뛰어
내리고, 바다에 몸을 던진다.

*

그는 어디로 가는가? 이름들 자체보다 훨씬 더 절박한
음들이 들려오는 곳으로 간다.

*

부테스는 왜 물에 빠져 죽는가?
우리는 마른 데서 태어난 존재가 아니기 때문이다.
일본 음악의 본질을 성찰하는 제아미[24]의 노〔能〕[25]에서
'침묵의 고수鼓手'인 노인도 물로 뛰어든다. 그 역시 자살

한다. 그 역시 익사한다.

물은 일본 사람들이 '옛날 옛적에むこうむかし'라는 관용어의 형태로 말하고 있는 것과 같은 옛날에서 비롯된다.

우리가 영위하는 삶이란 희미한 빛 속의 움직임에 불과했던 오래된 바다에 비한다면 낯선 육지와도 같은 것이다.

따스하고 영양을 주며 마음을 달래주는 파도는 결코 멈춘 적이 없었다. 육체는 마치 모래처럼 바닷물을 빨아들였다. 산다는 것은 오직 포만飽滿의 운명을 지녔을 뿐이다. 삶의 시간들을 이끌어온 것은 포옹의 음향들이었다. 칸막이 저편의 행복한 육체들로부터 그런 음향들이 다시 들려올 때면 육체가 발아하는 계기가 되었다.

음악은 듣는 자의 몸 안에서 행해지는 '청취'에 호소하는 것 이상으로 훨씬 더 많이 관여한다.

24 世阿彌(1363?~1443?): 일본 무로마치 시대 전기의 노〔能〕작가 및 연기자.
25 일본의 난보쿠초〔南北朝〕-무로마치〔室町〕시대에 성립된 일종의 가면 악극.

해안에서 들려오는 부름을 받았으나 그곳에 도달하지 못하는 부테스가 이끄는 대로 내가 써 내려갈 마지막 페이지들에서 옹호하고자 하는 명제가 바로 이것이다.

음악이 없다면 열정들은 서로 구분되지 않을뿐더러 심지어 그 자체로 이해되지도 않을 것이다.

*

예컨대 인류 역사상 열정 자체, 즉 열정 자신의 근원에 도사린 무기력을 사고했던 사상가가 있었던가? 누가 본래의 조난에 생각이 미쳤는가? 홀로 울부짖으며 태어나 갑자기 최초의 해안에 상륙하여 홀로 생존해야 하는 당황스런 나약함을 단계별로 고찰했던 사상가가 있었는가? 자신의 온 능력을 발휘하여, 혹은 자신의 메마른 사막 내부에서 *Hilflosigkeit*(속수무책의 상태)를 심사숙고했던 사상가가 있었는가?

그렇다. 출생의 순간 누구나 느끼는, 유기遺棄와 고독과 결핍과 허기와 공백과 치명적일 만큼 갑작스런 극심한 위협과 알몸과 일체의 도움 부재와 근원적 향수의 상태를 철저히 사고한 사상가가 있었다.

누구인가?

슈베르트이다.

슈베르트가 없었다면 대기권의 존재가 된 초기에, 다소 악의적이든 다소 타협적이든, 다른 사람들의 도움이 없을 경우 우리가 처하게 되었을 '삶에 부적절한' 본래의 상태가 어떠했는지 잘 알지 못했을 것이다.

*

음악이 없다면, 우리 가운데 어떤 이들은 **죽을 것이다.**

*

이아손[26]의 여행은 아카이아 세계[27]보다 먼저이다. 이 신화는 오디세우스의 항해 이야기를 들려주는 시들보다 훨씬 더 오래된 것이다.

호메로스는 세이렌들이 오디세우스의 영혼을 순전히 **듣고자 하는 욕망**으로 가득 채웠노라고 말했다.

아폴로니오스는 훨씬 더 과격하게, 세이렌들이 부테스의 시원적 영혼을 순전히 **접근하고자 하는 욕망**으로 가득 채운다고 말하고 있다.

그녀들은 그리스의 젊은 영웅이 자신들 쪽으로 **뛰어들도록** 홀리는 주술을 걸었다.

Was ist Musik? Tanz.

음악이란 무엇인가? 춤이다.

그렇다면 춤이란 무엇인가?

참을 수 없이 일어서는 욕망이다.

*

26　Iason : 아르고호의 승무원들을 지휘한 그리스 신화의 영웅.
27　Achaea : 고대 그리스 민족 집단이 살던 펠로폰네소스 반도 북쪽의 지역.

나는 비밀에 가까워진다.

본래의 음악이란 무엇인가? 물로 뛰어드는 욕망이다.

*

클레옴브로토스[28]는 플라톤의 작품[29]을 다 읽고 난 뒤 성
벽에서 바다로 뛰어내렸다.

*

물로 뛰어드는 욕망의 깊은 곳에는 무엇이 있는가? 자신
을 사로잡은 것 속으로 잠수하려는 욕망의 깊은 곳에는 무

---

28   Cleombrotos d'Amaracie(B.C. 4세기경): 그리스의 철학자. 스승인 플
     라톤의 『파이돈*Phaedon*』을 읽고 난 후에 별다른 이유 없이 바다에 몸
     을 던졌다고 한다. 원문에서 키냐르가 그리스의 견유학파 철학자 테
     옴브로토스Theombrotos(B.C. 4세기~B.C. 3세기)라고 오기한 것을 정
     정했다.
29   영혼불멸에 대한 생각을 핵심적으로 피력한 『파이돈』을 가리킨다.

엇이 있는가? 위험을 무릅쓰는 결단을 내리는 데는? 만사 제치고 과감하게 미지의 것을 추구하는 데는? 루비콘 강을 건너는[30] 데는? 닻줄을 끊어버리는 데는? 용의주도한 온갖 대비책을 내팽개치는 데는? 늑대의 아가리로 뛰어드는 데는? 돈을 다 잃도록 노름하는 데는? 비슷하게 오래된 것들로 모아놓은 기이한 표현들. 사냥과 춤과 항해와 노름과 전쟁에 관한 이런 은유들은 자연언어의 명제라기보다는 꿈의 형상화에 더 가깝다. 모두가 경솔함을 거론한다. 모두가 이런 말을 한다. 즉, 닥쳐올 위험을 피하지 않았다. 은신처에서 나왔다. 직위에서 물러났다. 대열에서 이탈했다. 감옥의 담을 넘었다. 그리고 본성의 지고한 솔직함을 따랐다.

*

30   중대한 결단을 내린다는 의미의 관용어구.

신중함이란 무엇인가? 다음은 신중함이 무엇인지 보여
준다. 수세기가 흐른다. 기원전 447년 알키비아데스[31]—
부친이 코로네이아[32]에서 전사하자 페리클레스[33]가 후견인
이 되었다—는 문법학교에서 아울로스[34]를 배우는 걸 거
부했다. 그가 스승에게 말했다. "플루트를 연주하거나 노
래를 부르는 것은 부적절한 행위입니다. 둘 다 뺨을 부풀
려서 사람 얼굴의 조화를 망가뜨리기 때문이지요. 반대로
'피크나 칠현금을 사용하면 몸가짐도 얼굴도 자유로운 인
간이 누리는 동작의 자유도 훼손되지 않습니다. *Πλήκτρον
μέν γὰρ καὶ λύρας χρῆσιν οὐδὲν οὔτε σχήματος οὔτε μορφῆς
ἐλευθέρῳ πρεπούσης διαφθείρειν.*' 칠현금을 연주할 때
는 음악을 연주하는 동시에 말도 할 수 있거든요." 그리하
여 알키비아데스는 아테네의 어린이들이 두 뺨을 부풀리

---

31   Alkibiades(B.C. 450?~B.C. 404): 아테네의 정치가, 웅변가, 장군.

32   Koroneia: 그리스 보이오티아의 고대 도시.

33   Perikles(B.C. 495?~B.C. 429): 아테네의 정치가, 웅변가, 장군.

34   고대 그리스의 복황複簧 악기. 리코더라고도 한다.

거나 목소리를 구속하는 음악교습을 받지 않게 만들었다.
그 이후로 플루트는 일반 과목에서 완전히 배제되면서 누
구나 멸시하는 대상이 되었다. *Ὅθεν ἐξέπεσε κομιδῇ τῶν
ἐλενθερίων διατριβῶν καὶ προεπηλακίσθη παντάπασιν ὁ
αὐλός.*

*

　코로네이아 전투에서 아버지를 잃고 나서 알키비아데스
가 얻어낸 아테네의 결단에 대립되는 것은 무엇인가?
　옛날의 동물성을 향한 부테스의 돌진.
　부테스의 무모함.
　'임계-부재의' '무-정형의' '탈-시간적' '비-인간적'
'무-한한', 실행 중인 아연실색의 억제 불능한 무모함.

*

　세간의 기억에서 잊힌 자들이 있다. 맑은 음용수를, 다시

말해 문어文語를 이제는 회자되지 않는 옛 이름들에게 좀 양보할 필요가 있다. 잡초와 세월과 돌무더기에 묻혀 사라져버린 무덤들에 관심을 기울이고 또 그것들을 발굴해야 한다. 전설적인 삶의 영웅들이나 역사적인 삶의 유령들처럼 방치된 자들에 관한 책의 문을 잠시 열어야 한다. 비록 그들의 전례가 사회의 재생과 대립된다고 할지라도, 비록 그들의 만용이 가장 대중적인 심미적 선택을 경멸한다 할지라도, 비록 그들의 결단이 전쟁이라는 강력한 관계로 나라들을 결집시키는 종교적인 계율에 위배된다고 할지라도 그렇다. 부당하게 배척받은 자들에게 빈 의자를 남겨주어야 한다. 그들이 출현한 지 이미 '수천 년'의 세월이 흘렀지만 그들에게 '시간' 내의 체류──추가분의 체류──를 잠시 허용해야 한다. 부테스는 아르고호 선원들의 무리를 떠났다. 그리고 세이렌들의 부름에 응답했다. 오르페우스의 본을 따르지도 명령에 승복하지도 않았다. 오디세우스가 자신을 밧줄로 돛대에 묶어달라고 에우릴로코스와 페리메데스에게 부탁했던 것처럼 그렇게 야릇한 방식으로 자신을 속박하려고도 하지 않았다. 부풀어 오른 두 뺨과 부재하는 목소리를 두려워하지 않았다. 기원의 음악에 응답했다. **목소리의 호출보다 더 오래된 부름**에 예측에서 빗나간 응답을 할 줄 알아야 한다.

*

음악은 그리스 음악에서 로마 음악으로, 그리고 기독교 음악으로, 다시 서양 음악으로 이어지면서 점점 더 오르페우스적이고 주술적으로 바뀌었다. 게다가 기이하게도 기악으로 변해버린 서양 음악은 옛날의 핵에 속하는 시원始原의 춤을 희생시켰다. 그것은 무엇보다도 트랜스[35] 상태의 포기이며, 노 젓는 자들의 대열에서 이탈하기를 단념하는 일이다. 노 젓는 자들로 인해 음악의 기보가 허용되었고, '앉아서 **연주**'가 가능해졌다. 뿐만 아니라 특히 이해할 수 없는 이른바 '몽환 상태'의 억제된 근육, 즉 놀랍게도 음

35   마치 최면에 걸린 것 같은 몽환 상태.

악을 '앉아서 청취'한다는 놀라운 사실을 납득할 수 있게 되었다.

눈물이 흐른다. 우리처럼 일반 객석에 빼곡하게 들어찬 주변 관객들의 눈치를 보느라 우리는 미동도 하지 않는다. 허벅지 위에 손가락들을 오므린 채 음악을 마주한 가식 없는 얼굴에서 흘러내리는 눈물을 손으로 훔치지도 못한다.

하지만 무례를 범하는 것이 고통을 감내하는 것보다 더 수치스러운 일은 아니다.

반면에 음악 한 곡을 감상할 때 사회 통념의 내용과 습득된 국어로 분절된 사고의 내용, 이 둘 사이에는 불균형을 훨씬 넘어서는 무엇, 동시대적이 아닌, 현실과 괴리된, 시대착오적인, 조옮김이 불가능한 무엇이 있다.

비록 이런 사고의 내용들이 둘 다 인간의 귀에 다른 방식으로 호소한다 할지라도, 그 내용은 엄밀한 의미에서 상반된 것이 아니라 불-일치한 것이다.

하나는 배의 갑판에서, 다른 하나는 난바다에서 들려온다.

두 환경은 다를 바가 없으므로, 그곳에서 성적으로 성숙

한 인간의 육체는 초라하고 기이하고 허약하고 고독한 필멸의 연안이다.

물속의 삶과 대기권의 삶은 출생하면서 분리된다. 애벌레(거의 물고기)의 삶과 나비(거의 새)의 삶.

거의 물고기, 거의 새: 이것이 바로 부테스의 모습이고 세이렌들의 모습이다.

*

다음은 내가 좋아하는 유년기 풍경들 가운데 하나이다. 뫼즈 강[36] 기슭에서, 거대한 히드가 자라는 도랑에서, 제2의 세계에서 우리는 여섯 명씩 짝을 지어 황야 한복판으로 들어갔다. 우리는 말없이 그곳에 이르렀다. 나뭇가지를 꺾어 주머니칼로 잔가지들을 다듬었다. 밋밋해진 나뭇가지 끝

---

36   프랑스 샹파뉴아르덴 지방에서 발원하여 북쪽(벨기에·네덜란드)으로 흐르는 강.

에 붉은색 모직 천 쪼가리를 매달았다. 그것을 잔잔한 수면 위로 흔들었다. 몽롱함을 휘젓고, 이끼들 위로, 잎사귀들 아래로 마구 흔들었다. 그곳에 꼼짝도 하지 않는 청개구리가 있다.

불쑥 청개구리가 뛰어오른다.

받침대가 되어준 수련이나 잔가지를 불쑥 떠난다. 하지만 본래의 원소로 다시 뛰어들어야 한다.

이 또한 부테스이고, 이 또한 아르고호 선원이며, 이 또한 물로 뛰어드는 **반대자**$_{dissident}$이다.

*Sedeo*는 '자리에 앉아 있다'이다.

*Dis-sedeo*는 '앉아 있지 않다'이다.

Dis-sident은 출생의 순간부터 고립자를 에워싸고 길들이려는 무리에서 떨어져 나온다.

남자와 여자 들의 다리는 프라이팬에 던져 넣기 전에 껍질을 벗긴 개구리 다리와 흡사한 구석이 있다. 개구리의 하얀 배는 벌거벗은 배를 떠올리게 한다.

태생동물, 남자, 여자 들은 올챙이와 새의 중간에 위치한다.

몽티냐크 마을을 굽어보는 산언덕의 라스코 동굴에 그
려진 벽화가 바로 그러하다. 그는 우뚝 서 있다. 죽는다. 뒤
로 쓰러진다. 이것은 욕망하는 남자가 거대한 제 먹잇감의
타격을 받아 죽는 거라고 한다. 그런데 자세히 보니 머리
가 새의 머리이다. 게다가 맞은편 장대 위에는 새가 한 마
리 앉아 있다. (혹은 창 끄트머리에 새의 머리가 있다.)

입을 벌리고 노래하는 여자의 얼굴을 한 새들, 최초의
세이렌들이 가장 오래된 그리스 항아리들에 그려진 연유
는 바로 그래서이다.

*

올리비에 메시앙[37]은 20세기 중엽에 이렇게 기록했다.
"새들은 지구상에서 가장 위대한 음악가이다." 그는 '수컷

---

37   Olivier Messiaen(1908~1992): 프랑스의 작곡가, 오르가니스트, 조류
      학자이다.

과 암컷 새들'이야말로 '사람들의 스승'이라고 되뇌고 다녔다. 새들은 '세월의 흐름에 따른 변화 속에서도 절대 음악성의 천부적 증인'을 구현하고 있다는 말을 되풀이하곤 했다.

아마도 부테스가 옳다.

아마도 오르페우스적 음악에, 서양 음악에, 테크노 음악에, 대중음악에 등을 돌릴 필요가 있으리라.

노 젓는 자들의 자리에서 노를 젓게 만드는 무엇을 잊고 떠나야 하리라.

과도한 음향 효과에서 멀어져야 하리라.

'피크 소리'를 피해야 하리라.

내가 사는 파리의 골목집은 메시앙이 살았던 집의 옆집이다. 그의 아들이 아직 그 집에서 살고 있다. 황량하게 변한 정원이 두 집을 가르는 경계이다. 그것은 자연 그 자체인 '길 잃은 자연la Perdue'에 추가된 '길 잃은 정원un perdu'이다. 우리는 꾀꼬리며 갈색의 티티새들, 그리고 밤이면 아기 울음소리처럼 들리는 고양이들의 찢어지는 듯한 외침을 함께 공유한다.

제2장

『플루타르코스 영웅전』제70장 6절을 보면, 소小 카토[1]
가 자살에 앞서 마음의 준비를 하려고 한다. 그는 우선 비
서 부타스를 바닷가로 보낸다. 그러고 나서 자신의 노예와

---

1   Marcus Porcius Cato Uticensis(B.C. 95~B.C. 46): 증조부 대大 카토
    와 구분하기 위해 소小 카토라고 부른다. 고대 로마 공화정 말기의 정
    치가. 공화정의 전통 유지의 입장에서 폼페이우스를 지지하고 카이사
    르와 항쟁했다. 카이사르와의 내전에서 폼페이우스 세력이 패하자 자
    살했다.

관리 들에게 혼자 있게 해달라고 한다. 그리고 가방 속에 보관된 책들을 뒤적인다. 마지막 밤을 되도록 가장 기분 좋게 보내기 위해 읽을 마지막 책을 고르고 싶어서이다.

그가 선택한 것은 그리스 서적이다.

그는 마지막 밤의 대부분을 『파이돈』을 다시 읽는 데 할애한다.

한 번, 두 번, 세 번 읽는다.

갑자기, 읽은 바에 따라 한층 사기가 진작되고, 마음에 깊이 새겨진 아테네인의 본을 따라 당장 죽을 각오가 선 그는 칼을 찾는다. 하지만 보이지 않는다. 플루타르코스가 전하는 바는 이러하다. "카토는 칼을 찾았으나 침대 위에 걸려 있던 칼이 보이지 않았다. 측근들을 불러 물어보니 그가 자살할까 봐 칼을 치웠노라고 대답했다. 그들이 칼을 돌려주지 않자 그는 측근들 중 한 사람을 주먹으로 한 대 쳤다. 그의 손은 즉각 피투성이가 되었다. 주먹으로 맞은 사내도 쓰러졌다. 손을 다친 카토는 고통스러워 비명을 지르지 않을 수 없었다. 사람들이 달려가 칼을 찾아다 주었다. 그는 데메트리오스에게 이렇게 말했다. '왜 양손을 등

뒤로 묶지 않은 거요?' 그러자 데메트리오스가 눈물을 흘리며 나갔다. 하지만 카토는 지체하지 않았다. 칼을 뽑아들어 칼날을 점검하고 칼끝을 살펴보았다. 그런데 방금 다친 손가락들이 아픈 데다 기운이 없어 칼의 무게를 감당할 수 없었다. 그래서 칼을 침대 위에 내려놓고는 의사를 불러 선혈이 낭자한 손가락들을 붕대로 싸매게 했다. 의사가 처치를 마치고 나갔다. 카토는 침대에 누워 다시 책을 읽기 시작했다. **그때 새들의 노랫소리가 들렸다.** 부타스가 돌아와 항구 주변은 평온하다고 보고했다. 카토는 그를 포옹했고, 문을 닫으라고 한 뒤, 가슴에 칼을 찔러 넣었다."

*

축어적으로 옮기자면 "벌써 새들이 노래하고 있었다. Ἤδη δ᾽ ὄρνιθες ἦδον."

새들이 노래하기 시작하자 죽음이 솟아오르고, 그는 책을 내려놓는다.

자연의 시간이 철학의 세계로 불현듯 귀환한다.

대지의 시간이 세속의 시간 속으로 뛰어든다.

동물의 멜로디는, 로마의 마지막 공화주의자의 고결한 영혼 안에서, 아테네인 소크라테스의 죽음을 환기시키기 위해 플라톤이 기록한 언어 일체를 갑자기 내려놓게 만든다. 카토는 그리스어를 저버린다. 그는 두 배로 자유롭다. 자연에서 비롯된 부름을 받아 죽음으로 자연에 합류한다.

*

새들이 노래한다. 카토는 칼로 배를 가른다.

*

하지만 플루타르코스의 이야기는 아직 끝나지 않았다. 왜냐하면 붕대로 싸맨 그의 손으로 칼날을 심장까지 찔러 넣기엔 역부족인 탓이다. 그의 내장이 바닥으로 쏟아진다. 측근들이 내장을 그러모으고, 도로 집어넣고, 그의 배를 꿰매려고 한다. 그들이 무슨 채비를 하는지 카토는 알아차

43

린다. 그는 양손으로 또다시 뱃가죽을 가른다. *τὸ τραῦμα ἐπαναρρήξας ἀπέθανεν*을 축어적으로 옮기자면 "갈라진 상처가 다시 갈라지자 그는 죽었다"이다. 새들의 노랫소리가 점점 더 커진다. 하늘에서 차츰 해가 떠오른다.

제3장

나는 그리스의 역사를 다음과 같이 간략하게 이야기하려 한다. "바닷길을 떠난다, 바람 속으로 돌진한다, 도시국가를 세운다, 연안을 식민지화한다. 한 사람을 곶 꼭대기에서 밀어뜨려 제물로 바친다, 흘린 피에 수치심을 느낀다, 자신을 정화한다, 다른 모래사장에서, 다른 해외 상관商館에서, 다른 요새에서 또다시 떠난다. 고대 그리스 역사의 최후는 로마제국의 지배로 묻혀버린다."

그리스인들과는 반대로 고대 로마인들은 정원과 꽃들과 야수들을 그리워했다. 본래의 어둠과 떡갈나무와 원천, 야

생인, 접사리조개, 숲 너머에 대해 그리움을 느꼈다. 로마의 대大성벽은 중국의 만리장성과 흡사하다. 그리스에는 대성벽이 없다. 로마인과 중국인 들은 '뒤에 있는 무엇'을 꾸며내는 두 문명이다. 태생 동물의 두 제국이다. 그들에 비하면 그리스인이나 노르드[1]인들은 새들과 흡사했다. 난생 동물 같았다. 제 알을 여기저기 다른 새들의 둥지에 숨기는 뻐꾸기들 같았다. 물로 뛰어드는 아비[2]들 같았다. 레안드로스는 아주 오래전에—리디아 마르마라가 아우구스타 안토니나가 되기도 전에, 아우구스타 안토니나가 콘스탄티노플이 되기도 전에, 콘스탄티노플이 비잔티움이 되기도 전에, 비잔티움이 이스탄불이 되기도 전에—헤로[3]를

1   북유럽, 스칸디나비아와 관련 있다. 중세 노르드인은 바이킹으로 불리기도 한다.
2   크기는 갈매기만 한데 몸은 메추라기 비슷한 바닷새. 8분가량 물속에 있을 수 있다고 한다.
3   세스토스 해안의 탑에 거주하던 여사제(아프로디테 여신을 모시는) 헤로는 아비도스에 사는 레안드로스와 사랑에 빠졌다. 세스토스와 아비도스 사이에 다르다넬스 해협이 흐르고 있었기 때문에 레안드로스

사랑했다.

　헤로는 그를 안고 싶을 때 보스포로스 한복판의 탑 꼭대기에서 등불을 켰다.

　레안드로스는 아비도스의 암석 위로 올라갔다. 두 팔을 치켜들고 손가락들을 엇갈려 잡았다. 몸을 구부려 웅크렸다. 야밤의 다이버는 컴컴한 바다로 몸을 날렸다.

는 밤마다 헤엄쳐 바다를 건너야 했다. 헤로는 탑 위에 올라 등불을 켜서 연인에게 방향을 알려주었다. 그러던 어느 겨울밤 폭풍이 불어와 등불이 꺼지는 바람에 레안드로스는 방향을 잃고 높은 파도에 휩쓸려 빠져 죽고 말았다. 그의 시신은 파도에 밀려 세스토스로 떠내려왔고, 헤로는 슬픔을 못이겨 탑에서 뛰어내려 목숨을 끊었다고 한다.

제4장

이 장면은 한밤중에 전개된다. 황야에서 한 나그네가 새
잡이가 사는 외딴 집의 문을 갑자기 두드린다. 새잡이는
잠자리에서 나와, 일어나서, 문을 열고, 객客이 들어오게
옆으로 비켜 선다. 객은 지치고 굶주려 죽을 지경이다. 늦
은 시간이라 주인은 그에게 대접할 것이 아무것도 없다.
주인은 가만히 서서 생각에 잠긴다. 어쩔 수 없이 길들인
자고새 쪽으로 눈길을 돌린다. 새는 자신에게 머문 시선의
의미를 즉시 알아차린다. 새는 그리스어로 다음과 같이 복
잡하지만 멋지고 긴 문장을 내뱉어 주인에게 조용히 애원

한다.

"*Εἴγε πολλά ὠφελούμενος παρ' αὐτοῦ τοὺς ὁμοφύλους ἐκκαλουμένου καὶ παραδιδόντος αὐτὸς ἀναιρεῖν αὐτὸν μέλλει, ἀλλὰ διὰ τοῦτό σε μᾶλλον θύσω εἰ μηδὲ τῶν ὁμοφύλων ἀπέχῃ.*

자고새는 제 동종을 넘겨줄 목적으로 울음소리로 새들을 유인해서 당신에게 충실하게 봉사했건만, 이제 당신은 당신의 동종인 한 인간의 배를 채우려고 새를 죽이려 하는군요."

자고새의 입에서 나온 매우 긴 문장은 음악의 본질을 규정하고 그것의 잔혹한 기원을 환기시킨다.

애조를 띤 새의 비난에 새잡이는 말문이 막혔다.

그래서 객을 향해 돌아서며 이렇게 말했다.

"이해해주시오. 제 동종들을 유인하던 새를 내 동종의 한 사람에게 먹이로 내줄 수가 없구려."

하지만 객은 이렇게 대꾸했다.

"당신 앞에 객이 있소. 나는 배가 고프다오. 환대를 규정하는 계율들(*nomoi*)이 있잖소. 인간들에게 계율을 지키게

하는 신들도 있다오. 당신이 새의 목을 조르지 않는다면 내가 무얼 먹을 수 있겠소? 나를 적으로 만들 셈이요?"

새잡이는, '계율Nomos'이나 신들에 대해 배은망덕을 저지를 수는 없으므로, 자신의 엉덩이 살을 듬뿍 잘라서 구웠다. 객은 먹었고, 잠을 잤고, 닭이 울자 떠났다. 상처는 잘 아물지 못했다. 엉덩이가 곪았다. 새잡이는 죽었다. 자고새는 주인이 아무 소리도 내지 않고 움직이지 않자 걱정이 되어 주인 위를 날아다녔다. 새는 망자의 집에서 하루를 더 지체했다. 그러고 나서 날아갔다. 어떤 영혼이 백주대낮에는 날지 않는가? 누가 죽었는가? 누가 먹는가? 누가 노래하는가? 이 세상에서 객은 누구이고 주인은 누구인가?[1] 누가 접대하는가? 누가 떠나는가?

---

1   원문은 'Qui est hôte dans ce monde'이다. 'hôte'가 '주인'을 뜻하기도
     하고 '객'을 뜻하기도 하는 점을 이용한 언어유희로 보인다.

제5장

　　그리스나 시리아의 지중해 해안에서는 사람들이 알몸으
로 바다에 뛰어든다. 해저에 도달하면, 등을 짓누르는 바
닷물의 엄청난 무게를 느끼게 되면, 그들은 이 세계의 어
두컴컴한 바닥을 기웃거리고, 심해의 암석들의 그림자를
살피고, 믿을 수 없을 만큼 오래된 동물들의 사체를 향해
나아간다. 칼로 발을 잘라낸 후 사체들을 물 위로 가져온
다. 그리고 햇빛을 받아 부패하게 내버려둔다. 이상한 고
대 동물들의 사체는, 며칠이 지나면 기이하게도 구멍이 숭
숭 뚫리고, 가벼워지고, 기공이 생기고, 말랑말랑해지고,

하얗게 변한다. 우리는 그것을 해면이라고 부른다. 해면으로 말하자면 인간의 피부에서 죽음을 흡수한다는 일종의 '아득한 옛날의 피조물'로 알려져 있다. 그런 다음에 소멸이 찾아온다. 바로 우리 자신인 마지막 얼룩을 빛의 해변에서 소리 없이 즉각적으로 사라지게 한다. 해면의 무수한 입술로 물기를 빨아들여 그렇게 한다. 우리보다 훨씬 거대한 무시무시한 손이 해면 뭉텅이를 가뿐하게 쥐고 육체의 과거를 드러내면서 살(*sarx*)에서 수분을 모조리 사라지게 만든다. 그리하여 행위들, 사랑들, 음식들, 기쁨들, 온갖 쾌락, 모든 감각, 갖가지 고통, 빛과 색채의 멋진 광경, 모든 사물, 모든 별, 모든 얼굴, 모든 이름을 마지막 한 방울까지 제거한다.

*

예전에 프랑스에서는 성 세례자 요한 축제[1] 때 남녀가 알몸으로 뒤섞여 해수욕을 즐겼다. 서로 물을 튀기며 웃어 댔다. 그들은 이렇게 말하곤 했다. "성 요한이 물고기를 포획하지 않은 채로 가는 법은 없다." 번역할 필요가 있겠다. 한 사람의 익사자도 없이 성 요한 축일이 지나간 적이 없었다는 의미이다. 익사자는 파에스툼 다이버의 흔적이었다. 매번 축일마다 제물이 요구된다.

*

E quadam rupe in mare salientibus(암벽에서 바다로 뛰어내린다). 대大 플리니우스[2]는 『박물지』[3](제4권 89절)에서 이렇게 말했다. "북방낙토의 백성들[4]은 오직 자발적으로만 죽는다. 극도의 쾌락을 누리고 난 다음에 배가 부른 상태로 암벽에서 뛰어내린다."

---

1   6월 24일.
2   Gaius Plinius Secundus(23 ~ 79): 조카 소小 플리니우스와 구분하여 대大 플리니우스로 불린다. 고대 로마의 정치가이자 박물학자.
3   천문, 지리, 인문, 자연학의 다방면에 걸쳐 백과전서식으로 집필된 37권의 대大저작.
4   그리스 신화에 나오는 아폴론의 보호를 받는 백성.

제6장

테세우스는 흰 돛을 올리는 걸 깜빡 잊는다.[1]

그러자 아이게우스는 바다에 몸을 던진다. 바다는 그의
이름을 따서 에게 해[2]가 된다.

1   미노타우로스를 처치하러 떠나면서 테세우스는 만일 실패하면 검은
     돛을, 승리하면 흰 돛을 달고 돌아오겠노라고 부왕 아이게우스에게
     약속한다. 하지만 테세우스가 아테네 항구에서 그만 흰 돛 다는 것을
     잊었고, 절벽 위에서 오매불망 기다리던 아이게우스는 검은 돛을 보
     고 비탄에 잠겨 바다에 몸을 던져 죽었다.
2   '아이게우스의 바다'라는 뜻.

　그리스 문명 연구가들이 파에스툼의 다이버라고 부르
는 그림은 이른바 '류카트[1] 곶에서의 투신'이라는 철학적
장면을 가리킨다. 아버지 세네카[2]는 인간사회에서 시간의
근거를 제공하는 죽음의 본질인 *praecipitatio*(곤두박질)
를 자신의 『선집*Excerpta*』에서 환기하고 있다. 라틴어 *prae-*

1　프랑스 남부 지중해안의 항구.
2　Lucius Marcus Annaeus Seneca(B.C. 55?~A.D. 39): 고대 로마의 수
　사학자. 일반적으로 잘 알려진 세네카의 아버지이다.

*cipitatio*는 '머리가 먼저'라는 의미이다. 사회들은 이구동
성으로 큰 함성을 지르면서 한 사람을 곳에서 떠미는 것
으로 안정을 되찾고 한패거리가 된다. 그러고 나서 함성
을 분절된 언어의 형태로 바꾼다. 파에스툼에서는 티레니
아 해의 곳이, 곳이 없는 로마에서는 타르페이아 바위[3]가
그런 장소이다. 아들 세네카는 죽음의 본성과 동시에 무작
위로 선택된 **파르마코스**[4]의 **머리부터 떨어지는** 죽음의 다
이빙에 관해 다음과 같은 놀라운 글을 쓰고 있다. "왜냐
하면 허공에 몸을 던진다는 단순한 사실은 뛰어내림으로
써 되돌릴 수 없다는 사실을 초래하기 때문이다. 낙하는
육체의 어떠한 후퇴 가능성도 배제함으로써 내면의 미련
을 모조리 제거한다(*irrevocabilis praecipitatio abscidit*

---

3   고대 로마에서 국사범을 떨어뜨려 처형한 곳이다.

4   Pharmakos: 속죄양을 의미하는 고대 그리스어. 전염병이나 기근, 외세
     침입, 내부 불안 등과 같은 재앙이 덮쳤을 때 한 사람을 재앙의 원흉
     으로 몰아 처형함으로써 민심을 수습하고 안정을 되찾았다. 파르마코
     스는 대체로 보복의 위험이 없는 무연고 부랑자, 가난한 자, 불구자들
     가운데 선택되었다.

poenitentiam). 그가 가지 못했을 수 있는 곳에 도달하지 않을 수 없는 것은 그런 연유에서이다(*non licet eo non pervenire quo non ire licuisset*)."

시간이란 육식동물들의 시간의 감산減算에 의한 조급함이며, 격렬한 죽음에 소요되는 시간의 감산에 의한 서두름이다. 죽음에는 **그들 자신의 운동성이 뒤섞여 있다.**

죽음과 뛰어내림은 같은 것이다.

*

키케로는 『투스쿨라나룸 논총*Tusculanae disputationes*』 제4권 18장에서 이렇게 썼다.

"악에서 한계를 찾는 것은 류카트 곳에서 머리부터 추락하는 자가 원할 때 멈출 수 있다고 생각하는 것과 다름없다.

Qui modum igitur vitio quaerit similiter facit, ut si posse putet eum qui se e Leucata praecipitaverit, sustinere se cum velit."

어떠한 경우에도 멈출 수 없다. 뛰어내림으로써 지향하

는 바가 시간의 초월이기 때문이다.

기다림이 시간의 치명적 속성이 되는 막바지에 이르면 무엇인가가 **촉진된다**. 그것은 매복이 육식동물에게 불러일으키는 매혹의 상태에서 이루어진다.

초식 인간들은 육식동물이 느끼는 매혹을 사냥에서 모방하려고 했다(모방 포식捕食).

그리고 나서 죽음에 대한 충동으로, 전쟁(먹잇감이 동종의 인간으로 바뀐 모방 사냥)으로 변형시켰다. 매혹은 자연의 역사에서 인간의 속성이 된다.

야수들의 뛰어오름은 신명재판神明裁判처럼 그리스 해안 **류카트 곶에서**e Leucata 뛰어내린 다이버의 기원에 자리한다.

어떤 벽면에 파에스툼의 다이빙이 그려졌는가? 석실 sarcophage에 덮인 돌 뚜껑의 **안쪽** 면에 그려져 있다. 그러므로 죽은 자가 보라는 것이지 우리에게 보라는 그림은 아니다. 그리스어 'sarko-phage'는 '살을-먹는-무엇'이라는 의미이다.

*

세 가지 주석.

1. 시간은 돌이킬 수 없다. (하지만 모든 죽음이 먹히는 것이라는 의미에서는 돌이킬 수 있다. 즉 죽음으로 파괴된 것을 섭취함으로써 가능하다. 육식동물의 경우에 실은 죽음이 유일한 영양분이다.)

2. 돌이킬 수 없는 운동에는 방향성이 없다. (단지 가지 못했을 수도 있는 곳에 이제는 도달하지 않을 수 없을 뿐이다.)

3. 기원은 시간 내에서 이어진다. (옛날의 돌이킬 수 없는 특성이 지금이라는 모든 순간의 만회 불가능의 토대가 된다.)

*

아들 세네카[5]가 『노여움에 대하여 *De Ira*』에 적은 구절

---

5   Lucius Annaeus Seneca(B.C. 4?~A.D. 65): 고대 로마 제정기의 스토

은 아리스토텔레스의 『니코마코스 윤리학』 제3권 5장의 다음 구절을 참조하게 한다. "*οὐδ' ἀφέντι λίθον ἔτ' αὐτὸν δυνατὸν ἀναλαβεῖν.* 돌을 던진 자는 그 돌을 다시 잡을 수 없다."

돌진의 '순간'에, 사람이 곶의 꼭대기에서 낙하하는 '순간'에, 강이나 바다의 *rhusis*(흐름)의 '순간'에, 세계의 *proclivitas*(경사)의 '순간'에는 '지금'에 대해서만 생각할 수 있다.

시간은 운동과 리듬의 역행 불가능성인 까닭에 오로지 '도달하다'로 떠다밀 뿐이다.

아리스토텔레스는 이렇게 덧붙이고 있다. "돌을 던진 자가 그것을 다시 잡을 수 없다고 해서, 공중에 돌을 던지지 않을 수도 있는 그의 권한마저 부인하지는 못한다. 행동의 원칙이 그의 내면에 있지(*ἡ γὰρ ἀρχὴ ἐν αυτῷ*) 시간에 있

아 철학자, 극작가, 정치가. 62년 네로의 과욕에 위태로움을 느끼고 관직에서 물러났으나 65년 역모 혐의를 받게 되자 스스로 혈관을 끊어 자살했다.

지 않기 때문이다. 시간은 일단 솟아오른 힘에 의해 야기되는 환경에 불과하다."

자키 피조[6]가 '행동의 원칙'이라고 옮긴 단어는 그리스어 *archè*(시작)이다.

그러므로 돌을 던지려는 자가 장악하고 있는 것은 '행동의 원칙'이 아니라 '시작' 그 자체이다.

이렇게 말할 수도 있다. 시작이 있으므로 그러한 것이 시간 안에서 시간이 된다.

류카트 곶에서 다이빙하는 사람은 대기로 혹은 허공으로 혹은 바다로 혹은 죽음으로 뛰어내리는 게 아니다. 시간으로 뛰어내리는 것이다. 불가역성으로 뛰어내리는 것이다. 그가 **서두르는** 까닭에 불가역성은 **촉진된다**. 아리스토텔레스가 다시 덧붙이기를, "그것은 쾌락에서 사정射精으로 쾌락 특유의 긴장이 불시에 무너지는 것과 마찬가지

---

6   Jackie Pigeaud(1937~2016): 프랑스의 언어학자, 라틴어 학자, 의료사가. 영혼과 몸의 관계에서 의학의 전통을 연구하는 학자이다.

이다"라고 말한다. 아리스토텔레스는 헤라클레이토스[7]의 다음 말을 인용한다. "ἔτι δὲ χαλεπώτερον ἡδονῇ μάχεσθαι ἢ θυμῷ. 시작되는 쾌락에 저항하기란 우리를 사로잡는 노여움을 억누르기보다 훨씬 더 어렵다."[8]

*

시간의 구조는 존재한다고 여겨지는 모든 것을 타고난 충동의 덕으로 돌린다. 자연(la *phusis*)을 품고 있는 밀어내기(la *rhusis*)는 끊임없이 최신근성新近性보다 더 최근의 힘이다. 이러한 옛날의 솟구침은 현재의 모든 공시태共時態보다 더욱 현재적일 뿐 아니라 **그것을 추락시키는 무엇이다.** 여느 다이빙과 마찬가지의 다이빙. 높은 곳에서 아래로

---

7   Heracleitos(B.C. 540?~B.C. 480?): 고대 그리스에서 변증법 사상을 가장 잘 표현한 철학자.

8   키냐르가 다소 자유롭게 옮긴 이 문장의 축어적 번역은 '노여움보다는 쾌락에 저항하기가 더 어렵다'이다.

어지럽게 머리부터 거꾸로 몸을 던지는 행동은 마치 회색 빛 깃털과 발에 물갈퀴가 달린 새가 도망치는 물고기를 겨냥해서 부리를 꼿꼿하게 앞세우고 물속으로 뛰어드는 것과 같다. 하늘로 사라지는 맹금의 다이빙 같은 다이빙, 즉 **돌이킬 수 없는 것은 줄곧 절대 되돌려지지 않는 다이빙이다.**

제8장

여류 시인 사포[1]는 생트모르[2]의 암벽에서 몸을 던져 자
살했다.

1   Sappo(B.C. 630?~B.C. 580?): 고대 그리스 최초의 여류 시인. 열번째
    뮤즈로 칭송받았다.
2   프랑스 투렌 지방의 도시.

제9장

불쑥 옛날이 뛰어내린다.

옛날이 하늘에서 떨어진다.

그것이 바로 벼락이다.

천둥은 뇌우雷雨라는 이름의 거대하고 몹시 시커먼 짐승의 목소리이다.

번개는 대지에 닿으려는 욕망으로 하늘 꼭대기에서 뛰어내린다.

제10장

기독교인들은 성녀 아폴로니아[1]로 인격화된, 자살한 성녀를 숭배했다.

아폴로니오스는 알렉산드리아[2]에서 수학할 당시에 문법학교에서 아울로스를 배우지 않은 덕분에 그리스 최후의

---

1   Saint Apollonia(?~249): 성녀. 알렉산드리아의 처녀로 이교의 우상숭배를 거부했다는 이유로 이빨을 집게로 뽑히는 고문을 당했다. 그 후 스스로 형장의 불속에 몸을 던졌다고 한다.
2   이집트 북부 지중해에 면한 항구도시.

위대한 비극 시인을 알게 되었다. 그는 난해한 시인 리코
프론[3]의 지도를 받는다.

아폴로니오스는 기원전 252년에 『아르고 원정대』의 초
판을 썼다. 완전한 실패였다. 그러자 로도스 섬으로 물러
났다.

로도스의 아폴로니오스가 아직 알렉산드리아의 도서관
을 관장하던 당시에 나에비우스[4]는, 아직은 사투리 일색인
자신의 언어로 최초의 라틴어 비극을 집필했다.

나에비우스가 최초의 라틴어 비극을 집필했을 때 70명
의 랍비는 70개의 조용한 독방에서 『70인역七十人譯』 성경[5]
을 그리스어로 옮겼다.

3   Lycophron(B.C. 320?~?): 고대 그리스의 시인. 알렉산드리아 도서관
     의 희극 선정계를 담당했다. 주요 작품인 1,474행의 시 『알렉산드라
     Alexandra』가 현재까지 전해진다.
4   Gnaeus Naevius(B.C. 270?~B.C. 201): 고대 로마의 서사 시인, 극작
     가. 그 역시 자살로 생을 마감했다.

5   B.C. 300년경에 번역되거나 집필된 고대 그리스어인 코이네 그리스어 (헬라어)로 작성된 구약 성경(또는 히브리 성경)을 말한다. 라틴어의 70septuaginta을 의미하는 단어에서 유래한 '셉투아진트septuagint'로 도 불리며 LXX로 간략히 표기한다.

제11장

티마게네스[1]는 이렇게 썼다. "온갖 교양 활동 가운데 음악이 가장 오래된 것이다. 오직 달의 운행만이 음악에 선행한다."

1   Timagenes(B.C. 1세기): 로마의 웅변가, 시인, 역사가. 원문의 Timo-
     gène는 오류인 듯하다.

제12장

statu quo ante(예전 상태)는 사회적 시간에 자주 출몰한다. 롯의 아내가 뒤를 돌아보는 시선[1]은 이전의 삶에 대한 욕망의 시선이다. 나른하고 우수에 젖은, 말하자면 '박물관적' 취향을 지닌 살아 있는 대다수의 사람에게 이보다 더 준엄한 계율이 강요된 적은 없었다. 우리 시대 사람의 대

---

1   야훼께서 유황불을 퍼부어 소돔과 고모라를 멸할 때 롯의 아내는 뒤를 돌아보다가 그만 소금 기둥이 되어버렸다(「창세기」 제19장 26~27절 참조).

부분은 최소한 두 세기 전의 음악을 들으며 증조부들이 현대적이라고 여겼던 것을 수집한다. 국민 대다수가 선조를 지닌 국가들의 경우에 지고의 가치는 조상이다. 책들을 꽤 읽은 나로서는 이런 문제들에 관한 한 다른 어떤 시대도 우리 시대와 유사하지 않음을 알고 있다. 노예근성과 정체성은 속박인 탓에 소유보다는 도취인 자유와 모험보다 우세하다. 나는 압흔壓痕을 운명으로 만들기를 단념시킬 묘책을 궁리했었다. 내가 어설프게나마 주장했던 명제는 '역사'보다 훨씬 더 오래된 것에 의지함으로써 우리는 과거의 강박적 반복에서 다소 벗어날 수 있었다는 것이다.

*

파도가 밀려와 급속히 무너지는 바다의 움직임에는 운동의 경계에 무의식 특유의 일시적 박동이 있다.

순간 멈춰 선 **달**의 짐승.

신기하고 자연스러운 만곡彎曲은 뛰어오르는 야수들의 운동성에서 활짝 피어난다.

이런 만곡은 아마도, 땅 위나 물속의 먹잇감을 덮치기에 앞서 허공의 현기증을 감내하며 둥글게 원을 그리면서 빈 하늘을 나는 맹금류의 비상에서 황홀경에 이를 것이다.

그것은 리듬인 동시에 운동이다. 사실 부정否定이 활성화된 이런 혼합을 규정짓기는 어려운데, 절제된, 황도黃道[2]의, 긴장된, 굶주린, 움츠린, 무호흡의 무엇이다. 그것은 도약으로 긴장된 근육의 이완에 앞선 숨 참기이다. 그것은 폭풍우가 몰아칠 때 칠흑 같은 어둠과 눈부신 빛, 천둥소리와 굉음, 동기성同期性이 소멸된 이 모든 것 사이에서 섬광 속에 나타나는 무엇과의 느닷없는 조우이다. 그로 인해 우리는 일시적 박동의, 극도로 집중되고 간략한 이미지를 얻을 수 있다.

그것은 마지막 순간에 이르러 호흡도, 비명도, 한숨도 대기 중인 성교와 같은 것이다.

---

2   태양이 지구를 중심으로 운행하는 것처럼 보이는 천구(天球)상의 커다란 원.

키케로[3]의 말에 따르면 언어에는 의미작용 아래로 영
혼에 스며드는 잠재된 음악성이 있다. 순수한 브라스모스
brasmo.[4] 순수한 감성에 겨워 사슴이 내지르는 오래된 울
음소리 같은 것. 그것은 사람들의 혀의 가장 깊은 곳에서
부터 느껴진다.

*

두 가닥의 리듬은 생존의 리듬이다. 즉 'avec‐sans(~와
더불어‐~가 부재한)'의 리듬. 두 가닥인 까닭은 두 가지
시간의 조율이기 때문이다. 즉 mater‐infans(어머니‐어린
애)의 시간. 이런 것이 이진법이다. 이진법의 자가진정제.
전‐후, 좌‐우, 이것이 최초의 춤이다. 두 움직임은 적어도

---

3   Marcus Tullius Cicero(B.C.106~B.C. 43): 로마 시대의 정치가, 웅변
     가, 문학가, 철학자.
4   '발효'를 의미하는 그리스어인데, 여기서는 '사슴의 울음소리'를 나타
     내는 의성어처럼 쓰였다.

외톨이에게 주어진 최초의 위안이다. 이진법의 자가관능성: 포르트-다(fort-da).[5]

음악은 어떻게 사고思考하는가? 사고 안에서 어떻게 전진하는가?

사고를 너무 거창하지 않은 명칭으로 부르기 위해 '재-연결reliaison'이라고 하자. 사고는 부재하는 것, 단어, 논거, 느낌, 기억, 이미지 들을 다시 연관 짓는다. 재연결이 연결을 전제하므로, 사고는 어머니를 전제한다. 어머니를 '묶는 여자lieuse'라고 부르자. 여기서 다시 세이렌이 나타난다. 늙

---

5   프로이트가 18개월 된 어린애의 사례를 분석하여 놀이에 붙인 명칭이
다. 아이는 어머니가 부재할 때 '오.오.오.오'(독일어 fort는 '떠났다'를
의미한다) 소리를 내며 실로 연결된 실패를 커튼 뒤로 던졌다가, 다
시 '다'(da는 '여기'를 뜻한다) 소리를 내면서 실패를 잡아당기는 놀이
를 하며 논다. 프로이트는 아이가 어머니의 떠나고 돌아옴을 놀이를
통해 표현함으로써 수동적 상황을 능동적 상황으로 표현했다고 본다.
라캉은 이 놀이가 상징적 질서를 설명한다고 보았다. 즉 아이가 포르
트-다fort-da 놀이를 통해 실제로는 부재하는 어머니를 현존시킴으로
써 사물을 대체하고 재창조하는 상징적 질서에 편입된다는 것이다.

은 세이렌은 이진법의 연속적인 해묵은 노래 가운데서 배회한다. 오래된 음향은 언어를 미리 씹는다. 조상이 입으로 음식물을 미리 씹어서 갓 태어난 자들이 생존할 수 있도록 그들의 입에 넣어주는 것과 마찬가지이다. 그런 경우에 음악은, 일단 어슴푸레한 물의 세계를 떠나고, 일단 젖은 채로 유폐류有肺類의 해안에 솟아올라 출생의 햇빛으로 진입한 인간이 외부 세계와 숨결에서 점진적으로 습득하게 될 언어의 배척자로 바뀐다.

심장의 박동(*rythmos*)과 폐의 노래(*melos*) 사이에서 엇박자가 시작되면서부터 무엇인가가 그 둘이 서로 뒤따르기를, 서로의 유대가 강화되기를, 느슨해지기를, 서로 헤어지기를, 돌아오기를, 서로 조화를 이루기를 추구한다.

진정한 음악가는 언어의 끈을 놓아버리는 자들이다. 그들은 인간성의 일부를 저버린다. 아테네의 알키비아데스와 반대로 행동한다. 오래된 치명적 연결liaison이 다시 육체를 장악하도록 내버려둔다.

음악이 음향의 용기 속에 다시 몸을 빠뜨린다. 몸이 움직이던 곳이다.

몸은 흔들고 춤추고 파도의 물기 어린 오래된 리듬에 합류한다.

음악은 자신의 청자聽者를 출생에 선행하는, 들숨에 선행하는, 울음소리에 선행하는, 날숨에 선행하는, 말하기의 가능성에 선행하는, 홀로인 존재로 끌어들인다.

그렇게 해서 음악은 원래의 존재 안으로 들어간다.

제13장

세이렌들은 청자들의 몸과 자신들 사이의 거리를 끊임없이 축소시킨다. 개별성이 무너질 때까지. 세이렌들은 오디세우스에게 "우리 섬으로 와요" 혹은 "해변의 바위나 백사장으로 와요" 혹은 "초원으로 와요, 꽃들이 피는 곳으로" 혹은 "우리에게 와요, 젖이 가득한 가슴을 지닌 새들에게로"라고 말하지 않는다. 그저 "**여기로 와요**, Δεῦρο(즉시)"라고 말한다. 호메로스의 『오디세이아』 제12권 183행에서 두 세이렌은 돛대에 묶인 오디세우스에게 '**꿀처럼 달콤한 목소리**, μελί-γηρυν'로 감미롭게 노래한다. "Δεῦρ' ἄγ' ἰών,

여기로 와요, **여기로**. 왜냐하면 우린 말이죠, 우리는 고통을 알거든요. 신들이 인간들의 땅에 보내는 고통을 모조리 알고 있다고요."

나는 '여기ici'로 변한 '그곳là'을 '개별화의 해체'라고 불러도 좋다고 생각한다.

사후에 신체 성분들이 점진적으로 분해될 때 생리적·물리적 화학적 용기에서 **개별화의 총체적 해체**가 일어난다.

이자나기는 이자나미를 찾으러 지옥으로 내려갔다.[1] 어둠의 밑바닥에 이르러 고개를 돌려 그녀를 바라보고는 사자死者의 흉측한 모습에 질색을 했다. 아내의 코는 떨어져

---

1   일본의 창조신인 이자나기와 이자나미는 불의 신인 아들을 낳았다. 하지만 해산할 때 불에 덴 이자나미가 죽음을 맞았다. 이자나기는 아내를 찾으러 일본 신화의 지하 세계인 요미로 내려갔다. 신들은 이자나미가 지상 세계로 귀환하는 데 동의하면서 한 가지 조건을 달았다. 즉 지상에 도달할 때까지 이자나기가 이자나미를 보면 안 된다는 거였다. 지하 세계 밖으로 마지막 한 걸음을 남겨둔 이자나기는 호기심을 참지 못하고 횃불을 밝혀 그녀를 보았다. 그리고 그녀의 흉측한 모습에 진저리를 치며 황급히 도망쳤다.

나갔고, 두 눈은 사라졌으며, 피부에는 희끄무레한 구더기들이 들끓었다. 언짢아진 그는 아내를 밀쳤다. 비명조차 지르지 않았다. 그녀에게 등을 돌려 되도록 잽싸게 도망을 쳤다. 그러자 이자나미가 남편을 쫓아왔다. 그녀를 따돌리고자 남편은 빗을 던졌다. 그다음에는 복숭아를 던졌다. 복숭아가 지옥의 바닥에 떨어져 으깨진다. 그러자 산발을 한 피투성이의 굶어 죽은 여자 여든 명이 솟아나와 이자나미와 합류한다. 그녀들은 분노한다. 울부짖으며 이자나미와 함께 달려온다. 마침내 이자나기는 어둠이 끝나며 얼핏 보이는 빛을 알아차린다. 드디어 지하 세계의 출구에 다다른다. 아내와 그녀의 친구가 된 여든 명의 죽은 여자가 그를 쫓아오지 못하게 가까스로 지옥의 입구를 커다란 바위로 막았다. 숨 돌릴 새도 없이 옷을 홀딱 벗는다. 몸을 깨끗하게 하려고 목욕을 한다. 욕조 밖으로 나오지 않고, 아내의 모습을 본 두 눈을 씻어내려고 몸을 굽힌다.

오르페우스는 에우리디케를 찾으러 지옥으로 내려갔다. 그는 자신을 따라오는 그녀와 함께 지옥에서 올라온다. 그런데 명계冥界의 여왕이 신중하게도 그에게 뒤돌아보지 말

것을, 그녀를 보지 말 것을 명했다. '그는 뒤돌아서 그녀를 본다. *Flexit amans oculos.*' 그녀를 사랑하는 남자가 눈을 돌리는 '즉시 그녀는 뒤로 끌려갔다. *Et protinus relapsa est.*' **끌려가는 여자**relapse가 두 팔을 뻗지만 손에 잡히는 것이라곤 붙잡을 수 없는 공기뿐이다. 그녀는 다시 심연의 밑바닥에 떨어진다.

나는 일본의 기원에 관한 신도神道[2] 신화가 오르페우스 이야기와 직접적인 연관이 있다는 주장을 하려는 게 아니다. 그저 오비디우스의 노래 XI에 나오는 오르페우스의 죽음이 아폴로니오스의 노래 IV에 나오는 부테스의 죽음과 대칭된 장면임을 보여주고 싶을 뿐이다. 바쿠스 신의 여사제들은 여든 명의 죽은 여자와 세 명의 세이렌 사이의 중간에 자리한다. 머리가 헝클어진 여자들이 오르페우스를 향해 '손을 휘젓는다.' 구부러진 별채에서 부는 베레생트[3]의 플루트(*tibia*) 소리, 탬버린 소리, 손뼉 치는 소

2   일본의 전통 종교.

리, 함성 소리(*ululatus*)가 차츰 '키타라의 소리를 **덮어버린
다**(*obstrepuere sono citharae*).' 갑자기 피투성이에 산발을
한 벌거숭이 여자들이 새들처럼—*ut aves*— 한 떼거리로
모여들어 오르페우스를 짓밟는다. 티르스[4]로 두들겨 팬다.
바윗돌 조각으로 쳐서 죽인다. 그리고 두 팔과 두 다리를
찢는다. 머리를 잡아 뽑는다. 머리는 언덕의 풀 위로 데굴
데굴 굴러가기 시작한다. 초원 위를 굴러간다. 강기슭에 다
다른다. 헤브로스 강을 따라 여전히 굴러간다. 갑자기 강가
에서 오르페우스의 머리가 물속으로 떨어진다. 파도에 실
려 강 한가운데로 흘러간다. 여자들에게 죽임을 당한 음악
가의 잘려나간 머리는, 입술들이 사라진 여자의 이름을 되
뇌고 나서 헤브로스의 캄캄한 물속으로 가라앉는다.

Flebile lingua murmurat exanimis.

탄식하는 그의 혀는 **숨이 끊어졌는데도** 중얼거린다.

---

3   Bérécynthe: 키벨레(그리스 신화에 나오는 프리기아의 여신)에게 붙
     여진 이름. 프리기아의 베레생트 산에 산원을 가지고 있어서이다.
4   주신酒神 바쿠스의 지팡이.

이리하여 마침내 오르페우스의 입술에 음악이 나타난다. 그는 죽었다.

중얼거림에 강기슭이 대꾸한다. 마치 지구상에 있는 강들의 연안이 상처들을 따라가며 신음 소리를 내는 것만 같다. 상처에서는 끊임없이 피가 흘러 대양까지 이른다. 상처들의 고통은 바다로 모인다.

Flexit Orpheus(오르페우스는 뒤돌아본다).

그는 물속에서 '고개를 돌린다.'

오르페우스의 마지막 노래는 그의 머리가 물속에 잠겼을 때 부른 것이다.

옛날에 우리의 머리는 물속에서 무슨 생각을 했을까?

제14장

　음악은 우리의 힘을 능가하는 유혹으로 마음을 사로잡
는다. (유혹에 맞설 심산으로 우리가 언어적 영혼 고유의
리듬에서 끌어낼 수 있는 힘보다는 적어도 우월하다.)

　눈물을 흘리면서, 고통으로 소용돌이치면서 우리의 기반
을 이루는 무엇 속으로 우리는 휩쓸려 들어간다.

　음악은 생명 유지의 원초적 조건으로서 육체를 끌어당
긴다.

　연어들이 뛰어오르는 것과 마찬가지이다. 산란기 내내
강물의 리듬과 흐름을 거슬러 오르고, 바다의 뒤집히는 파

도를 거슬러 올라 태어난 모천母川으로 회귀하는 것과 마찬가지이다. 그곳에서 태어났으므로, 그곳에서 즐기라는 부름을 받았으므로 그곳에서 즐기는 것이다. 그것들은 그곳에서 행하는 산란(*aphros*)으로 인해 연어들을 재생산하면서 자신들은 곧 죽는다. 마찬가지로 인간도 자궁의 삶으로 돌아간다면 죽게 되리라. 하지만 그곳은 그의 삶이 시작되고, 그의 존재가 발육되고, 육체의 성性이 분화되고, 세상에서 평생 선호하게 될 것에 대한 주된 입맛의 선택이 이루어진 환경이다.

*

부테스: 본래의 조건으로 되돌아가는 것은 죽는 것이다.

*

그런 연유로 음악은 망망대해 한복판의 '섬'이다. 익사하게 될 자를 제외하면 일체의 접근이 불가능한 섬.

*

　부테스는 어떤 사람이었을까? 그에 관해 알려진 바는 거의 없다. 부테스Boutès나 그리스어로 부타스Boutas라는 매우 흔한 이름은 소 치는 사람bouvier을 의미한다. 아버지의 이름은 텔르온이었다. 그의 성城은 아티키[1]에 있었다. 일단 여신에 의해 릴리베 곶에 던져진 그는 마르살라[2]에 도시 국가를 세웠다. 부테스는 그녀에게서 아들을 하나 얻는다. 그녀가 세이렌들의 발톱에서 그를 구해낸 날이었다. 그녀는 물속에서 그를 붙잡아 대기 중으로 데려가는 동안에 아들을 수태했다. 여신은 아들을 에릭스Eryx라 불렀다. 그는 시칠리아의 산의 주인이 되었다. 시칠리아인들은 이 산에 그의 이름을 붙였다. 아들은 산꼭대기에 어머니를 위한 사

1　그리스의 수도 아테네를 포함한 주변 지역. 고대 그리스어 명칭은 아티케, 라틴어 명칭은 아티카.

2　Marsala: 이탈리아 시칠리아 섬 서단에 있는 항구도시.

원을 지었는데, 에릭시스의 아프로디테 사원[3]이 그것이다.

*

세이렌들은 시빌레[4]들과 마찬가지로 그 수가 증가한다.

처음에는 혼자이다. 세이렌, 묶는 여자, 졸라매는 여자, 암컷 스핑크스[5]처럼 숨통을 죄는 여자, 스핑크스, 괄약근처럼 오므려 조이는 여자.

호메로스의 텍스트에서는 세이렌이 둘이다.

아폴로니오스에게서 내가 인용한 구절에는 세이렌이 셋이다. 레우코시아와 리게이아에 파르테노페가 보태진다.

---

3   에릭스는 시칠리아 섬 북서쪽에 자신의 이름을 딴 도시 에릭시스를 건설하고 왕이 된 뒤 그곳에 어머니 아프로디테를 모시는 신전을 세웠다.

4   아폴론의 신탁을 전하는 여사제들로서 시빌라, 시빌이라고도 부른다. 쿠마이의 시빌레가 가장 유명하다.

5   이집트의 수컷 스핑크스와 달리 그리스의 암컷 스핑크스는 날개 달린 사자의 몸에 여자의 얼굴과 젖가슴을 지니고 있는 형상이다.

그녀는 나폴리의 세이렌이다.

무명無名의 리코프론이 쓴 글에 따르면 파르테노페[6]는 피조팔코네의 언덕 위에 있는 등대에 붙여진 최초의 이름이었다. 그러고 나서 포실리포[7] 아래의 팔레오폴리스가 되었다. 마침내 카스텔델로보[8]의 자리에 네아폴리스[9]가 세워졌다.

파르테노페는 티레니아 해의, 포세이도니아[10] 아크로폴리스[11]의, 소렌토, 프로시다, 이스키아, 카프리, 파에스툼 곳의 세이렌이다.

세 곳에는 아직도 세이렌의 이름이 남아 있다. 소렌토

---

6   투신한 세이렌 파르테노페의 시신이 가 닿은 곳에 세워진 네아폴리스의 옛 이름이기도 하다.

7   Posilipo: 나폴리 만 북서쪽 해안에 위치한 언덕의 베드타운.

8   Castel dell'Ovo: 산타루치아 항구 주변에 위치한 해안 요새.

9   Neapolis: 나폴리 시의 옛 이름. '신도시'라는 뜻이다.

10 Poseidonia: 그리스 시로스 섬의 마을.

11 Acropolis: 고대 그리스 폴리스의 중심이었던 언덕. 신전과 요새가 구축되었다.

내의 수렌툼.[12] 카프리의 마리나 피콜라 해변들 사이의 협소한 틈새에 '세이렌들의 바위'라는 이름으로 불리는 암초들이 삐죽삐죽 돌출해 있다. 끝으로 아말피 해안의 시레뉘즈에 있는 바위 세 개.

1968년 파에스툼에서 정확히 1킬로미터 지점에 위치한 무덤에서 '석실石室'이 발견되었다. 그 내부에 물로 뛰어드는 남자가 그려져 있었다.

다이빙하는 이 남자는 아마 포세이도니아 아크로폴리스의 암벽에서 군중에게 떠밀린 청년일 수 있다. 그는, 군중이 자신을 내던진 바닷물에 이르기에 앞서 앞으로 쭉 뻗은 두 팔, 배에 매달려 축 늘어진 성기, 머리부터 곤두박질치는 자세로 아직 투명한 공중을 날고 있다.

혹은 다이빙하는 그 남자는 그 누구일 수도 있는 사자死者일지도 모른다. 그는 산 자들의 세계의 경계에 도달하

---

12 지금의 소렌토는 옛 이름 수렌툼Surrentum에서 연유했다. 수렌툼은 원래 그리스어 sirena(세이렌의 뜻)에서 유래한 것이다.

자, 바로 그 순간 두 발로 헤라클레스의 기둥[13]을 딛고 몸을 날린다. 망망대해의 청록색 물과 망각의 잎들이 우거진 나무로 표현된 사자死者들의 세계로 뛰어들고 있다.

*

물의 목소리, 아득하게 먼 목소리, 목소리조차 아닌 목소리, 희미한 빛에서 발원된 미처 분절되지 않은 노래에 합류하고자 물로 뛰어드는 자는 거의 없다. 아주 드물다.

몇몇 음악가.

가뜩이나 말이 없는 지면에서 다른 이들보다 훨씬 과묵한 몇몇 작가.

어머니의 어슴푸레한 기이한 빛. 인간의 경우에 암흑 자체에 선행하는 어둠이라는 점에서 기이한 빛이다.

부테스는 육체들의 완전히 비상호적인 음향의 오래된

---

13   지브롤터 해협 어귀의 낭떠러지에 있는 바위를 말한다.

자화磁化를 구현하는 화신이다. 최초의 날 이전에 들었던 노래가 무한히, 불한정不限定 과거[14] 시제로 육체 안에 끌어들인 자화.

음향이 울리는 어슴푸레한 액체 한가운데 떠 있는 태아의 몸처럼 바다에서 죽어가는 아르고 원정대원 부테스의 육체도 바로 그런 것이다.

*

음악은 숨을 죽인 채 ── 혹은 귀로 숨 쉬면서, 청각으로 호흡하면서 ── 물속에서 들었던 어느 옛날을 가리킨다.

얀켈레비치[15]는 이렇게 말했다. "음악은 우리를 감싼다. 그렇게 우리에게 스며든다. 바다처럼 광대무변하기 때문이다."

---

14   그리스어 동사 시제로서 명확한 시점을 밝히지 않는 과거.
15   Vladimir Jankélévitch(1903~1985): 프랑스의 철학자.

첫번째 세계의 이미지가 바로 그러하다. 영문도 모른 채 피부의 경계조차 부재하는 오래된 물속에 있었던 경험, 이 점에서 야릇하고 오래된 물의 경험이, 인간의 경우, 바다 자체의 경험에 선행한다.

*

곤두서고, 뒤집히고, 밀려오고, 물러나고, 밀려오기가 반복되는 바다 앞에서 그 누가 침묵하지 않을 수 있겠는가? 둥글게 말린 작은 파도에 두 발을 맡긴 채로, 긴맛조개들 속에 두 발을 묻은 채로 죽은 새조개들, 벌어진 대합들, 낙하하는 희끄무레한 거품(aphros), 부서진 갑오징어의 오래된 뼈들, 흩어지는 모래알들, 물을 빨아들이는 축축한 화석 유해들, 죽은 불가사리의 가지들, 그리고 갈색의 해초 쪼가리들 사이로 물이 빠질 때, 발가락들 사이로 곧 되밀려 와 발가락들을 빨며 뒤로 빠지는 물의 고랑들 속에서, 그토록 엄청나게 소란스러운 파도 소리를 들으면서 어느 누가 침묵보다는 차라리 망연자실, '외향성 황홀경extase'보

다는 차라리 '내향성 황홀경entase'에 빠지지 않을 수 있겠
는가?

나는 **음향의 반복**이 시간의 내부에서 **용기**容器의 기능을
수행한다고 주장하는 바이다.

그렇기 때문에 음악은 솟아오르는 시간과 되풀이되는
'역사' 한가운데 위치한 비장한 시간의 섬이다.

*

이런 경우에 짐승의 영혼에 내장된 모든 미적 감각은,
인간의 영혼에서와 마찬가지로 그저 재추락rechute에 지나
지 않는다.

그것은 다시-뛰어들기re-plongeon와도 같다.

그 사실로 이 질문에 대한 설명도 가능하다. "나는 왜 혼
자라야 음악을 들을 수 있는가."

기원에서처럼 혼자. *Ab ovo*(알[卵]에서부터, 즉 기원에
서부터).

언어를 말하는 존재 안에서 음악이란 티레니아 해의 세

이렌들의 섬 같은 것이다.

셸시[16]는 이렇게 말했다. "동심원을 그리는 물결의 움직임 안에서 음音의 핵심에 도달하는 것이 중요하다."

---

16 Giacinto Scelsi(1905~1988): 이탈리아 작곡가. 프랑스어로 초현실주의 시를 쓰기도 했다.

제15장

　　음악을 좋아하는 사람의 귀에, 그리고 자신을 감싸는 노
래로 다가가서 자신의 정체성과 언어를 잃어버리는 데 동
의한 사람의 귀에, 음악은 이렇게 속삭이는 것으로 시작된
다. "기억하나요, 어느 날, 옛날에, 당신은 사랑하던 것을
잃었잖아요. 어느 날 사랑의 대상이던 **온갖** 것을 **모조리** 잃
었다는 걸 떠올려 보세요. 사랑하는 것을 잃는 게 무한히
슬프다는 사실을 기억하시라고요."

제16장

　1828년 빈에서 죽음을 예감한 슈베르트는, 숨을 거두기 정확히 3주 전에 베르크키르슈[1]의 추모실에 갔다. 하이든의 묘에서 묵념했다.

1　빈 남부 아이젠슈타트 산에 있는 성당.

제17장

　　당신이 나를 버린 현장으로 돌아왔다. 나는 정원으로 들
어섰다. 어느 음악이든 우리가 잃어버린 누군가와 관련된
무엇을 지니고 있다. 음악에는 사라진 한 여인이나 여인들
의 사라진 세계처럼 상실과 관련된 무엇이 있다고 여겼으
므로, 게다가 우리보다 앞서 존재한 세계를 불러들이는―
귀환이 가능하지 않을지라도―무엇에 접근하려는 억누를
수 없는 욕망에서 음악을 규정하고 싶었으므로, 문득 내
눈에 당신의 얼굴이 보였다. 젊은 시절의 얼굴이었다. 어김
없는 그때 당신의 모습이었다. 왜냐하면 얼굴이 포함된 육

체의 죽음 이후로 오랜 세월이 흘렀을망정 꿈에서 보는 사
랑했던 이들의 얼굴, 연령을 초월한 얼굴들의 귀환은 가능
하기 때문이다. 이런 귀환은 예측불가하고 느닷없다. 그리
고 본의 아닌 것이므로 진실한 것이다. 꿈같은 것이다. 전
해 내려오는 바에 따르면, 고대보다 훨씬 이전에, 옛날에
한 남자가 느닷없이, 뜻밖에, 얼떨결에 동료들을 모두 저
버렸다. 그리고 배의 갑판으로 달려가 뛰어내렸다. 오래된
황금빛 양털 가죽을 구하러 떠난 배였다. 그는 헤엄을 쳤
다. 계속해서 헤엄을 쳤다. 얼굴이 새처럼 생긴 여자가 사
는 해안에 이르렀다. 기이하게도 그녀에겐 젖가슴이 있었
다. 그는 그녀에게 젖가슴이 있는 게 좋았다. 여자의 목구
멍으로 미끄러져 들어가 그녀의 노래를 만끽하는 게 좋았
다. 노래에 융합될 정도였다. 나는, 의당 음악가의 삶을 살
아야 했지만, 그러지 않았다. 성인이 된 삶의 초반기 내내
조상의 얼을 받들지 않는 것에 기쁨을 느꼈다. 그렇게 해
서 나는 태어날 때 주위에서 빌어준 기원祈願에서 벗어났
다. 스무 살이 되던 해인 1968년 낭테르 대학이 폐쇄되었
으므로, 나는 한창 맹위를 떨치던 3월과 4월의 움직임[1]에

거리낌 없이 동조했다. 그리고 에마뉘엘 레비나스[2]를 만나러 미켈랑주 거리 6 bis 소재의 집으로 찾아갔다. 그에게 나는 철학을 포기하겠으며, 그가 호의로 제안한 주제로 박사논문을 쓰지도 않을 작정이고, 교직에 복귀하지 않고 대학을 떠나겠다는 결심을 밝혔다. 이제 음악으로 돌아가서 집안 대대로 내려오는 오르간 주자의 대를 이을 생각이라고 말했다. 그는 잘못된 판단이라고 대답했다. 그럼에도 나는 앙스니[3]로 떠났고, 그곳에서 마르트 키냐르를 만났다. 그녀는 자매인 쥘리에트 키냐르에게서 오르간을 물려받았고, 쥘리에트 자신은 부친 쥘리앵 키냐르에게서 물려받았고, 등등. 나는 오르간을 연주하지 않는 나머지 시간 대부분을 16세기 전반부에 모리스 세브[4]가 『라 델리*La Délie*』[5]라

---

1   68혁명을 뜻한다.

2   Emmanuel Levinas(1906~1995): 리투아니아 출신의 프랑스 철학자. 서구 철학의 전통적 존재론을 비판하고, 타자에 대한 윤리설을 발전시켰다

3   프랑스 서부 루아르아틀랑티크 지방의 도시.

는 제목으로 쓴 사랑에 대한 대작大作 시에 관한 에세이를
쓰는 데 할애했다. 정신착란증 환자. 반反-세이렌주의자. 시
몬 갈리마르[6]는 내가 쓴 이 첫번째 책을 수락했다. 모리스
세브 전집을 발간하자는 제안도 했다. 그리고 자기 남편의
출판사인 갈리마르의 도서 선정 위원직을 내게 맡겼다. 그
러므로 나는 단지 여름 3주 동안만 오르간 주자로 있었다.
때는 8월 중순인 데다 비바람이 치는 시기라서, 생플로랑
르비에유와 샹토소 사이에 위치한 작은 도시에 사람이라
곤 아무도 없었다.

---

4   Maurice Scève(1501~1564): 16세기 프랑스의 시인. '리옹 시파'의 지
      도자로 활약했고, '플레야드 시파'의 선구자 역할을 했다.

5   유부녀 페르네트 뒤 기예Pernette du Guillet와의 사랑을 노래한 대작
      (1544)으로 원제는 『델리, 지덕至德의 대상Délie, objet de plus haut
      vertu』이다. Délie는 페트라르카주의의 이상인 '사상l'idée'의 아나그
      람이다.

6   Simone Gallimard(1917~1995): 프랑스의 편집인. 시아버지가 창립한
      갈리마르사에서 인수한 메르퀴르 드 프랑스Mercure de France의 사장
      직을 맡아 일했다.

성당에서 돌아오는 길인데, 날이 무척 더웠다. 겨우 광장만 가로지른 다음에 너무 더워서 왼쪽 골목으로 빠졌다. 제방으로 내려갔다. 제방 끝에서 루아르 강물로 들어가 헤엄을 쳤다.

생의 말년에 이르자 수치심이 난처한 걸음걸이로 소리 없이 다가왔다. 우리 가족처럼 나는 오르간 연주자가 되지 못했다. 그것은 치욕이 아니었다. 심지어 죄의식도 아니었다. 어슬렁거리는 과오였다. 글을 쓴답시고 내 운명을 완수하지 못한 거였다.

음악을 고통에 방치했다는 느낌이 들었다.

아리스토텔레스는 *psychè*(영혼)— 라틴어로는 *anima*(아니마), 프랑스어로는 souffle(숨결)— 란 **고통이 기록되는 서판**書板과 같은 것이라고 말했다.

음악이 그리로 와서 읽는다.

나는 **단지** 이 점을 강조하고 싶었다. "**오로지** 음악만이 그리로 와서 읽는다." 왜냐하면 기원부터, 개체 발생의 경우 어머니의 뱃속에서 태아가 듣는 것은 불가피하다. 먼 곳에서, 아주 멀리서, 피부와 물 뒤편에서 들려오는 야릇한

소나타를 싫어도 부득이 들어야 한다. 소나타는 나중에 그의 모국어가 될 것이다. 그가 감정만을 듣게 되는 이 노래가 계보상으로 분절된 목소리보다 먼저이다. 계통 발생이나 동물사에서도 마찬가지이다. 흉내 낸 노랫소리, 유인하는 노랫소리, 불러들이는 노랫소리는 분절을 예비하는 발성이었다. 노래할 때의 인간의 목소리는 생물학적 종種의 울음소리와 습득된 국어國語의 중간에 위치한다. 음악은, 집단 언어의 학습 이후에 느껴지는, 발성과 숨결과 생명과 아니마와 프시케의 이전 상태에 대한 노스텔지어이다. 감성이 세상의 무엇인가를 알기 때문이다. 그래서 음향은 인간의 가장 오래된 경험들과 관련 있다. 그런 경험들은 그 후에 외부 세계와 인류의 다른 개별자들과 유지되는 관계들에 선행하는 것들이다. 그곳에서 다른 개별자들의 발견은 대개 곤경이나 적극적 구승성口承性을 통해 이루어진다. 무의미한 운율뿐인 음흡들로 이루어진 큰 파도의 움직임들은 가장 내적이고 가장 오래된 감성적 삶을 대체할 뿐 아니라 즉각적으로 되살리기도 한다. 열정과 격정이 최초인 까닭에 음악은 가장 본래적인 첫번째 예술이다. 심장의, 내

장의, 진피眞皮의, 그리고 허파의, 근육의, 운동의 원시의
미론이란 게 있다. 하지만 그것은 학습된 국어와 그로 인
해 생겨난 의식이 모든 관심과 노력과 특권을 눈에 보이는
것vision에 쏟게 되면서 점차 잊힌다. 나는 그리즈 탑[7]을 다
시 보았다. 젊은 독일 여자[8]도 다시 보였다. 그녀가 베르뇌
유의 길들로 나를 밀어 넣었다. 노르망디인들의 성벽을 따
라서, 그리고 이톤 강의 호두나무들을 따라서 난 길들이었
다. 이톤 강이 보였고, 아브르 강도 보였다. 나는 아브르 강
과 강가의 안개를 좋아했다. 멀리 산이며 마을, 성당의 지
붕, 성벽을 뒤덮은 송악, 기욤 공작[9]의 성채의 잔해가 보였
다. 이 모든 게 누르스름한 대기 속에서 아주 또렷하게 모

---

7   15~17세기 발드루아르 지방의 전형적인 영주의 저택. 주변에 800헥
     타르의 포도밭이 둘러싸여 있다.
8   어린 키나르를 돌보던 유모 역할의 젊은 독일 여자를 가리킨다.
9   Guillaume le Conquérant(1028?~1087): 윌리엄 1세 혹은 정복왕 윌
     리엄이라고도 한다. 노르만 왕국의 시조이자 잉글랜드의 국왕이었다.
     1035년 노르망디의 공작이 되어 노르망디 공국을 서프랑크 왕국과 동
     등하게 발전시켰다.

습을 드러냈다. 베르뇌유의 주 탑인, 아주 두텁고, 검은 송악으로 뒤덮이고, 새까만 송악 열매로 뒤덮이고, 둥글고, 묵직한 그리즈 탑의 잔해가, 매 사육장 옆에서, 아주 먼 곳에서 황금빛 안개에 휩싸여 우아하게 변하는 모습이 눈앞에서 펼쳐졌다. 탑은 구름 낀 노란 대기 속에서 야릇하게 기울어진 모양새로 있었다. 나는 침묵이 좋았다. 침대 커버에 놓아둔 탱[10] 농축물의 냄새가 좋았다. 작은 쇠사슬로 걸어놓은 낡은 거울이 좋았다. 어둠이 내리자 이 모든 게 어두운 정원을 향해 난, 커다란 문을 겸한 창에 비쳐 보였다. 나는 어슴푸레한 빛에 잠긴 반영들, 반짝임의, 움직임의, 물의 반영들을 바라보았다. 나는 혼자 중얼거렸다. "이것은 벽난로, 이것은 괘종시계, 이것은 램프, 이것은 이그나츠 플레옐[11]의 피아노, 이것은 나, 이것은 수프 그릇이거나 빵 바구니." 문을 겸한 창의 유리를 곁눈질하며 이렇게 중얼

10   백리향속의 식물.
11   Ignaz Joseph Pleyel(1757~1831): 오스트리아 태생의 프랑스 작곡가.

거렸다. "엄마다. 얼마나 아름다운가, 얼마나 근엄하고 아름다운가." 엄마가 식탁보 위의 포도주가 담긴 카라프[12]를 당신 앞으로 끌어당겼다. 물론 사람은 자신이 있는 곳에 있으므로, 있는 곳에 존재하고, 있는 곳이 아닌 다른 곳에는 존재하지 않는다. 하지만 이따금 느닷없이 약간 더 지상에 내려앉기도 한다. 편안하다. 이곳보다 약간 더 이곳에 있다. 마침내 '가지 않을 수 없었을 곳'에 완전히 도달한다. 얼굴이 사라진다. 살갗이 벌어진다. 다시 살이 돋는데 이미 자신의 살은 아니지만 받아들인다. 몸이 둔해지고, 꾸벅꾸벅 졸다가 잠들고, 죽는다. 그녀는 믿음이 없어도 독실한 신자였다. 믿음 없이도 심지어 그지없이 독실한 신자였다. 그녀는 성당에 다녔다. 우리는 일찌감치 떠났다. 나는 그녀와 함께 성당에 가서 오르간을 연주했다. 그녀는 포치[13] 아래서 잠시 멈춰 섰다. 갑자기 외투 주머니에 손을 집어넣

---

12   식탁용 음료병.
13   건물 입구나 현관에 지붕을 갖춘 곳.

고, 주머니에서 불쑥 선명한 색상의 삼각 머리 수건을 꺼내고, 턱뼈 바로 밑에 겹매듭으로 묶었다. 머리에 쓴 스카프를 매만진 다음에 성당의 어슴푸레함과 서늘함 속으로 들어갔다. 나는 출입로에서 그녀와 헤어져 성기실聖器室 쪽으로 갔다. 대미사의 차임벨이 울리기 훨씬 전에 우리 둘이서 함께 가곤 했던 이 성당이 나는 좋았다. 가볍고 좀 약한 주석 재질의 설관舌管과 푸른 자기 재질로 된 음역 조절기의 잡아당기는 동그란 손잡이들이 있는 오르간은 아주힘이 없고 상태도 나빴지만 나는 이 파이프오르간도 마음에 들었다. 그리고 화성적 플루트, 비올라 다 감바,[14] 사람들의 목소리, 유령들의 부드러움이 좋았다. 누대로 올라가는 나선계단의 단段은 어느 하나 안전한 것이 없었다. 조심스럽게 올라가야 했다. 계단 전체가 흔들거렸다. 혹시 연주할 때 내 발과 손가락 들도 떨리게 될까 봐 두려웠다. 그녀

---

14 첼로의 전신이라고 할 수 있는 원전 악기이다. 'viola da gamba'는 다리 사이에 놓고 연주하는 비올라라는 뜻이다.

가 내 연주를 들을까 봐 겁이 났다. 무엇보다도 그녀가 들었으면 하면서도 두려웠다. 미사가 시작되기 전에 들리던 성기실에는 화장실로 통하는 작은 문이 있었다. 잿빛 카펫이 깔려 있었다. 천창은 니스가 칠해진 짙은 색의 나무 재질이었다. 벽에는 겨우 내 손이 들어갈 만한 아주 작은 세면대가 움푹하게 박혀 있고, 오데콜론 냄새를 풍기는 작은 비누, 장갑 모양의 목욕용 수건, 거울, 네온관이 있었다. 수건은 못에 걸려 있었다.

물로 뛰어드는 욕망에 대하여

황금 양털을 찾아 떠난 아르고호의 50명의 선원 중에는 그리스의 이름난 영웅인 오디세우스와 오르페우스 외에도 부테스가 있었다. 세이렌의 매혹적인 노랫소리를 대하는 세 인물의 반응은 제각각이다. 오디세우스는 돛대에 몸을 묶고서 듣고, 오르페우스는 키타라 연주로 노랫소리를 무화시켜 자신과 선원들을 치명적 매혹에서 구한다. 오르페우스의 음악은 그러므로 구원의 음악이다. 부테스는 노랫소리를 쫓아 바다로 뛰어내려 익사한다. 세이렌의 노랫소리는 그러므로 파멸의 음악이고 부테스는 물로 뛰어내리는 '파에스툼의 다이버'의 원형archétype이다.

키냐르는 늘 그렇듯이 신화나 역사에서 과소평가되었거나 부당하게 망각된 인물을 어둠에서 끌어내 조명한다. 이번에도 그의 선택은 (지혜로운 오디세우스나 효율적인 오르페우스가 아닌) 무모한 '부테스'이다. 그를 통해 '물로 뛰어드는 욕망'의 뿌리를 살피고 파멸의 음악을 옹호하기 위해서이다. 그리고 이 둘의 관계에서 음악의 본질을 탐구하고 있다.

『부테스』는 키냐르에게 매우 중요한 책이고, 그가 음악에 대해 쓴 아홉번째 책이며 아마도 마지막 책이다

이 책을 집필한 이유는 무엇보다도 자신을 짓누르는 부채감을 청산하기 위해서였다.

키냐르는, 17세기부터 대대로 오르간 주자인 음악가의 집안에서 태어났으므로, 의당 음악가의 삶을 살아야 했지만 그러지 않았다. 그 역시 오르간 주자로 출발했지만, 1968년 그의 첫 책이 출간되고 출판사의 도서 선정 위원으로 일하게 되면서 삶의 방향이 바뀌었기 때문이다. 그는 가족의 결속을 저버렸다는 죄책감, 음악을 고통에 방치했다는 회한으로 평생 가책에 시달린다. 그래서 생의 말년에 이르자 가족과 음악에 대한 해묵은 빚을 갚으려는 의도로 이 책을 쓰게 되었다.

생의 말년에 이르자 수치심이 난처한 걸음걸이로 소리 없이 다가왔다. 우리 가족처럼 나는 오르간 연주자가 되지 못했다. 그것은 치욕이 아니었다. 심지어 죄의식도 아니었다. 어슬렁거리는 과오였다. 글을 쓴답시고 내 운명을 완수하지 못한 거였다.

음악을 고통에 방치했다는 느낌이 들었다. (100쪽)

또 다른 이유는 음악이 가장 중심에 위치한 근원적 예술이라는 믿음, 음악에 대한 그의 분명한 경사傾斜를 들 수 있다.

실은 음악 활동을 완전히 접은 것도 아니며,[1] 현존하는 최정상의 프랑스 작가로서 숨을 쉬듯 끊임없이 작품을 토

해내고 있지만, 그는 자신이 음악가라고도 작가라고도 생각하지 않는다. 그는 자신의 정체성을 무척이나 책을 좋아하는 열성적인 독자로 규정한다. 책을 읽는 행위가 '청취(극단의 청취)'라는 이유에서이다. 그는 어떤 책도 거의 소리는 나지 않지만 분명 멋지고 극단적이며 매혹적인 음악, 영혼이 사라지는 파멸의 노래라고 믿는다.

그렇다면 책을 쓰는 작가는 아마도 소리 내지 않고 노래 부르는 자일 것이다.

『부테스』는 음악의 본질을 성찰하는 결정판이라고 할 수 있다.

1 그는 여러 가지 악기(오르간, 피아노, 바이올린, 비올라, 첼로)를 연주하고, 한때(1987~1992) 베르사유 바로크 음악센터 임원으로 활동했으며, 필리프 보상, 프랑수아 미테랑 전 대통령과 함께 '베르사유 바로크 예술 페스티벌'(1992)을 창설하기도 했다.

부테스는 '파에스툼의 다이버'의 원형이다

키냐르에게는 거의 강박적인 이미지가 하나 있다. 바로 '파에스툼의 다이버.' 한 남자가 두 손을 모아 앞으로 쭉 뻗고 물속으로, 죽음 속으로 뛰어들고 있다.

무덤 석실의 천장에 그려진 이 그림은 기원전 470년경에 제작된 것으로 이탈리아 아말피 해안의 파에스툼에 있다. 이 다이버에 대한 언급은 키냐르의 거의 모든 작품에서 되풀이된다 해도 과언이 아니다. 초기 작품인 『소론집 *Petits traités I*』(112쪽)을 위시하여 우리말 판본에서만도 『섹스와 공포』(217쪽, 219~20쪽), 『은밀한 생』(14쪽, 40쪽, 461쪽), 『옛날에 대하여』(63쪽)에 거듭 나타나고 있다.

게다가 '물로 뛰어드는 사람'의 이미지를 상상으로 이어받은 인물들까지 고려한다면 그 수는 무수하다. 다음은 키냐르의 말이다.

> 루비콘 강 앞에서 "주사위는 던져졌다"고 말하기에 앞서 침묵에 잠긴 카이사르는 절벽 꼭대기에서 바야흐로 심연으로 몸을 던지려는 사람과 흡사하다.[2]

독서하는 사람은 누구나 움직이지 않는다.

생각하는 사람은 누구나 이 침묵 속에서 망설이는 듯
싶다.

독서하는 사람이든, 생각하는 사람이든, 그는 절벽 꼭
대기에서 벌어진 심연에 바야흐로 몸을 던지려는 사람과
흡사하다.[3]

그는 '부테스'를 '파에스툼의 다이버'의 원형으로 간주한
다. 기원전 470년보다 훨씬 거슬러 올라간 신화의 인물들
중에서 오직 부테스만이 음악에 자신의 몸과 영혼을 송두
리째 던진 자이기 때문이다.

---

2   Pascal Quignard et Irène Fenoglio, *Sur le désir de se jeter à l'eau*,
     Presses Sorbonne Nouvelle, 2011, p. 10.
3   *Ibid*, p. 11.

'최초의 세계'(자궁)의 원소는 '물'(양수)이며, 그곳에는 '청취'(음악)만이 존재한다

그런데 부테스는 왜 목숨을 담보로 음악(세이렌의 노랫소리)을 따르는가? 왜 '물'로 뛰어드는가? 두 질문은 '최초의 세계'에서 하나로 통합된다.

키냐르는 이 텍스트를 써가는 동안 '물이 음악과 극도로 밀접한 지극히 중요한 원소'이며, 음악은 '물과 연관될 뿐 아니라 최초의 세계, 이 세계에 앞선 세계, 이 세계보다 오래된 다른 세계와 연관된다'[4]는 사실을 깨닫는다.

우리는 누구나 최초의 세계인 자궁(*Uterus*, 물이 가득 찬 가죽 부대), 즉 양수 주머니 속에서 살았었다. 말도 시각도 없고 청각만 존재하던 시기에 우리는 가장 먼저 듣기 시작했다. 어머니의 목소리를 듣고, 그녀가 느끼는 감정이 양수의 파동에 미치는 영향을 모조리 감지하면서 그 물결에 따라 춤을 추었었다. 이 최초의 세계의 흔적은 유일하

---

4   *Ibid*, p. 278.

게 목소리뿐이다. 울음을 터뜨리는 순간 숨결을 획득한 갓 난아이가 어떻게 자신의 어머니를 알아보는가? 한 번도 본 적 없는 어머니를 인지하는 것은 목소리(음색, 강도, 높이, 어조, 진동)에 의해서이다. 그것이야말로 '영혼의 아리아도 네의 실'이다. 음악(어머니의 목소리)이 가장 오래되고 가 장 강력한 예술, 우리가 기원의 내부에 존재할 때 우리를 사로잡던 느낌과 아름다움을 들쑤시며 우리의 가슴을 파 고드는 가장 감동적인 예술이라는 그의 믿음은 여기에 근 거하고 있다.

나는 비밀에 가까워진다.
본래의 음악이란 무엇인가? 물로 뛰어드는 욕망이다.
(29쪽)

우리는 이따금 음악을 들으며 자신도 모르게 눈물을 흘 리는 수가 있다. 슬퍼서 우는 건 아니고, 꼭 아름다워서인 지도 사실 알 수 없다. 아마도 "음악에는 사람의 마음을 움 직이는 힘이 있어서 좋은 음악을 들으면 어딘가 다른 곳,

내 안에 있지만 평소에는 닿을 수 없는 곳의 문이 잠시 열리기"[5] 때문이리라. 벌어진 문틈으로 언뜻 '최초의 세계'가 드러나기 때문이리라. 우리는 최초의 세계에 접속되는 순간 입이 다물어지고 온몸이 마비된다. 그리고 음악으로 휩쓸려 들어가 사라진다. 그때 우리는 부테스와, 파에스툼의 다이버와 무척 닮아 있다.

두 종류의 음악 ─ 구원의 음악과 파멸의 음악

키냐르는 아폴로니오스의 말을 빌려 음악을 두 종류로 나눈다. 분류의 기준은 '귀환'의 가능성 여부이다. "음악은 두 종류이다. 하나는 파멸의 음악(**귀환을 제거한다**는 말로 탁월한 정의를 내리고 있는 음악)이고, 다른 하나는 구원의 음악이다."(19쪽)

정리하자면 이러하다.

---

5   김정민, 「음악, 왜 눈물이 날까?」, 2017년 3월 20일 『조선일보』 A32면.

파멸의 음악	구원의 음악
세이렌의 노랫소리	오르페우스의 음악
치명적으로 매혹적인 짐승의 목소리	사람의 손으로 제작된 키타라의 음악
집단에서의 이탈을 부추긴다	집단으로의 귀환을 명령한다

오르페우스의 남성적 음악이 공동체의 일체감을 고취시켜 선원들이 신속하게 노를 젓게 만드는 분절된 음악이라면, 세이렌의 소프라노 노랫소리는 분절에 앞선 분리 불가한 불분명하고 연속된 음악이다. 키냐르의 말에 따르면, 우리를 감동시키는 것은, 오르페우스군群에 속하는 심포니나 군악軍樂이나 테크노 음악처럼 사회적 음악이 아니다. 오히려 반反사회적이고 치명적 위험을 내포한 세이렌의 노랫소리를 떠올리게 만드는 음악이다.

그렇다면 파멸의 음악을 옹호하는 그의 의도는 무엇인가? '인간은 사회적 동물'이라는 아리스토텔레스의 명제에 맞서려는 것일까? 그렇지 않다. 부테스의 '물로 뛰어드는 욕망'을 파헤쳐 오르페우스의 사회적 음악이 억압하고 희생시킨, 그리하여 은폐된 본래의 음악과 그 본질에 다가가

기 위해서이다.

> 음악은 그리스 음악에서 로마 음악으로, 그리고 기독
> 교 음악으로, 다시 서양 음악으로 이어지면서 점점 더 오
> 르페우스적이고 주술적으로 바뀌었다. 게다가 기이하게
> 도 기악으로 변해버린 서양 음악은 옛날의 핵에 속하는
> 시원始原의 춤을 희생시켰다. 그것은 무엇보다도 트랜스
> 상태의 포기이며, 노 젓는 자들의 대열에서 이탈하기를
> 단념하는 일이다. (34쪽)

이 책의 작가는 책을 읽고 난 독자의 머릿속에서 음악
에 대한 개념이 변화되기를 희망한다. 장르며 서열, 지금
까지 본질이라 여겨온 것들을 모조리 쓸어내기를 바란다.
그리고 세이렌의 노래처럼 '깊은 노래'에 주목하게 되기를
바란다. 그 자신도 점차 하모니에 대한 관심이 저하되면서
순수하고 극히 단순하며 일체의 개성과 장식이 제거된 노
래로 회귀하고 있노라고 말한다.[6]

117

발생론적 관점에서 『부테스』는 세 개의 텍스트가 있다

이 책은 매우 이례적으로 발생론적 관점에서 세 개의 텍스트가 존재한다.

1. 구두口頭로 낭독된 텍스트: 2005년 여름 키냐르는 원고 상태의 텍스트를 구두로 낭독해서 발표한다. '음악이란 사고思考하는 예술인가?'라는 주제로 망스Mans에서 열린 '포롬 뒤 몽드Forum du Monde'에서이다.

2. 인쇄된 텍스트: 1의 원고를 다소 수정하여 3년 후인 2008년 갈릴레Galilée 출판사에서 출간된다. 우리가 알고 있는 『부테스』의 텍스트이다.

3. 『물로 뛰어드는 욕망에 대하여』라는 제목으로 출간된 텍스트: 2011년 프레스 소르본 누벨Presses Sorbonne Nouvelle에서 이렌 프노글리오Irène Fenoglio와의 공저로 2에 관련된 일체의 원고(작품의 발아부터 탈고에 이르기까지 삭제, 가

6   Pascal Quignard et Irène Fenoglio, *Sur le désir de se jeter à l'eau*, pp. 279~280.

필, 수정, 정정이 붉은 펜으로 기재된 서른두 차례에 걸친 원고) 및 『부테스』에 관련된 두 사람의 글이 덧붙여진 책이다.

텍스트 3은 텍스트 2보다 3년 후에 나왔지만, 그 기원은 『부테스』 출간보다 6년이나 앞선 2002년 봄으로 거슬러 올라간다. ITEM[7] 소속의 프노글리오는 한 가지 제안을 하고 키냐르가 수락한다. 제안인즉 한 작품이 발아되는 순간부터 탈고까지의 흔적을 고스란히 남겨 출간하자는 것. 프노글리오에게 2의 최종 원고가 넘어간 것은 2의 출간 직전인 2008년 6월 3일이다. 그 후 두 사람의 부연 설명이 덧붙여진 텍스트 3이 마침내 2011년에 출간된다. 키냐르 연구에 매우 귀중한 자료가 아닐 수 없다. 평소에 책이 출간되는 즉시 원고를 모조리 없애버려서 발생론적 과정의 추적이 거의 불가능한 작가이기에 더욱 그러하다. 원고를 모조

---

7   Institut des textes et manuscrits modernes(현대 서지학 연구소)

리 없애버리는 이유를 '방을 비우고, 집을 비우기 위해. 영
혼도 비우기 위해. 삶을 비우기 위해'[8]서라고 그는 말한다.

끝으로 독자를 위한 사족 하나

『부테스』는 12장章으로 구성된 책이다. 그런데 그의 책
에서는 흔한 일이지만, 어떤 장에는 제목이 있고 어떤 장
에는 없거나 목차에 있는 제목이 본문에는 없기도 하다.
목차에 표기된 제목이 본문에서 사라지는 것은 글의 흐름
을 위해서이다. 그는 장과 장 사이, 장면들 사이, 사실과 허
구 사이에 글의 흐름을 방해하는 무엇이 있으면 안 된다
고 생각한다. 욘 강변의 은신처에서 늘 흐르는 강물을 보
며 작업하는 그는 자신의 글이 강물처럼 융합되어 한 줄기
로 흐르기를 바란다. 다시 말해 글에서 '흐름'이 매우 중요
하다는 의미이다. 그는 자신이 남의 글을 인용할 때도 흐

8   *Ibid*, p. 8.

름을 위해 부분적인 수정을 가하기도 한다면서 번역자인 내게도 이렇게 당부했었다. "내 책을 번역하다가 한국어의 특성상 흐름을 살리기 어려운 문장이 있으면 과감하게 그 문장을 삭제해도 좋습니다." 하지만 나는 감히 그러지 못한다.

작가 연보

1948   4월 23일 프랑스 노르망디의 베르뇌유쉬르아브
        르(외르)에서 출생했다. 음악가 집안 출신의 아
        버지와 언어학자 집안 출신의 어머니 사이에서
        키냐르는 어릴 때부터 자연스럽게 식탁에서 오
        가는 여러 언어(프랑스어, 독일어, 영어, 라틴어,
        그리스어)를 습득하고, 여러 악기(피아노, 오르간,
        비올라, 바이올린, 첼로)를 익히면서 자라난다.

1949   가을, 18개월 된 어린 키냐르는 여러 언어를 사
        용하는 집안 분위기에서 기인된 혼란 때문에

자폐증 증세를 보이기 시작하고, 언어 습득과 먹기를 거부한다. 우연히 외삼촌의 기지로 추파춥스 같은 사탕을 빨면서 겨우 자폐증에서 벗어난다.

1950~58 이 기간을 르아브르에서 보내게 된다. 형제자매들과 전혀 어울리지 못하고 늘 외따로 지내기를 즐긴다.

1965 다시 한 번 자폐증을 앓는다. 이를 계기로 작가로서의 소명을 깨닫는다.

1966 세브르 고등학교를 거쳐 낭테르 대학교에 진학한다. 에마뉘엘 레비나스, 폴 리쾨르, 장-프랑수아 리오타르, 앙리 르페브르 등의 강의를 듣고, 레비나스의 지도 아래 '앙리 베르그송의 사상에 나타난 언어의 위상'이라는 제목의 논문을 계획하지만, 68혁명을 거치면서 대학교수가 되려는 생각을 접으며 논문을 포기한다. 1966년에서 1969년까지 주류를 이룬 실존주의와 구조주의의 물결 그리고 68혁명의 열기 속

에서 철학을 공부했지만, 이러한 이념들의 정신적 유산을 완강히 거부한다. "(획일화된) 유니폼을 입은 사상은 나와 맞지 않는 것 같다"는 이유에서다.

1968 가업인 파이프오르간 연주를 물려받을 생각을 하고, 아침에는 오르간 연주를 하고, 오후에는 16세기 프랑스 시인 모리스 세브Maurice Sève의 Délie(idée의 철자 순서를 바꿔 쓴 아나그람)에 관한 에세이를 쓰기 시작한다. 원고를 갈리마르 출판사에 보내자 놀랍게도 키냐르가 존경해 마지않는 작가 루이-르네 데포레Louis-René des Forêts가 답장을 보내온다. 데포레의 소개로 1968년 겨울부터 잡지 『레페메르 L'Ephémère』에 참여한다. 여기서 미셸 레리스, 파울 첼란, 앙드레 뒤 부셰, 자크 뒤팽, 이브 본푸아, 알랭 베인슈타인, 가에탕 피콩, 앙리 미쇼, 피에르 클로소프스키, 에마뉘엘 레비나스와 교우하게 된다.

1969 결혼을 하고, 뱅센 대학교와 사회과학연구원

EHESS에서 잠시 고대 프랑스어를 가르치며, 첫 작품 『말더듬는 존재 *L'être du balbutiement*』를 출간한다. 이후, 확실한 시기는 알려진 바 없으나 아버지가 되면서 이혼을 한다.

1976 갈리마르 출판사에서 편집자, 원고 심사위원의 일을 맡는다. 1989년에는 출간 도서 선정 심의위원으로 임명되고, 이듬해인 1990년에는 출판 실무 책임자로 승진하여 1994년까지 업무를 계속한다.

1986 소설 『뷔르템베르크의 살롱 *Le salon du Wurtemberg*』과 뒤이어 나온 『샹보르의 계단 *Les escaliers du Chambord*』(1989)의 발표로 더 많은 독자에게 이름을 알리기 시작한다.

1987 1987년부터 1992년까지 '베르사유 바로크 음악 센터' 임원으로 활동한다.

1990 단편소설, 에세이 등을 포함하여 20권 예정으로 기획한 『소론집 *Petits traités*』 중 여덟 권(1~8권)이 출간된다.

1991   소설 『세상의 모든 아침*Tous les matins du monde*』
을 출간하고, 직접 시나리오로 각색해 알랭 코
르노 감독과 함께 영화로도 만든다. 책은 18만
부가 팔렸으며 영화 또한 대성공을 거둔다.

1992   영화 「세상의 모든 아침」에서 생트 콜롱브의
제자인 마랭 마레의 음악 연주를 맡았던 조르
디 사발과 더불어 '콩세르 데 나시옹Concert des
Nations'을 주재한다. 또한 필리프 보상, 프랑수
아 미테랑 전 대통령 등과 함께 '베르사유 바로
크 예술 페스티벌'을 창설하지만 1년밖에 지속
하지 못한다. 이 페스티벌은 '베르사유 바로크
음악 센터와는 별개로, 음악 센터에서 운영하는
'베르사유 추계 음악 페스티벌'과 경쟁 관계에
놓여 키냐르가 음악 센터의 임원직을 사임하는
이유가 된다.

1993   『혀끝에서 맴도는 이름*Le nom sur le bout de la
langue*』을 출간한다. 당시 언론에서는 이 작품
을 일제히 아구스티나 이스키에르도Agustina

Izquierdo의 두번째 소설인『순수한 사랑』(첫번째 소설은 1992년 발표된『별난 기억』)과 나란히 소개하는데, 이스키에르도가 키냐르의 가명일 것이라는 확신에 가까운 추측에서이다.

1994   집필에만 열중하기 위해 일체의 모든 공직에서 사임하고 세상의 여백으로 물러나 스스로 파리의 은둔자가 된다. 그의 나이 46세이다.

1995   손가락에 이상이 생겨 더 이상 악기 연주가 곤란해진다. 설상가상으로 조부와 부친에게서 물려받은 악기들인 스트라디바리우스를 모두 도난당하자 크게 상심하여 연주를 포기한다. 이후 음악을 연주하던 시간이 책읽기와 글쓰기에 바쳐진다.

1996   1월『소론집』과 장편소설 집필 중에 갑작스러운 출혈로 응급실에 실려 갔다가 죽음의 문턱에서 가까스로 귀환한다. 이런 경험을 전환점으로 그의 글쓰기는 크게 변화된다. "내 안에서 모든 장르가 무너졌다"고 말하며, 소설, 시, 에

세이, 우화, 민화, 잠언, 단편, 이론, 인용, 사색, 몽상 등 모든 장르가 뒤섞인 혹은 어떤 장르도 아닌 오직 '문학'을 추구하게 된다.

건강을 회복한 뒤 일본과 중국으로 여행을 떠난다. 특히 장자의 고향인 중국 허난 성의 상추 商丘를 방문했던 기억과 고대 중국 철학(도교)의 영향이 집필 중이던 『은밀한 생Vie secrète』에 고스란히 반영된다.

1998　　새로운 글쓰기의 첫 결과물인 『은밀한 생』이 출간되고, '문인협회 춘계 대상'을 받는다.

2000　　1월 『로마의 테라스Terrasse à Rome』가 출간되고, 이 소설로 2000년 '아카데미 프랑세즈 소설 대상'과 '모나코의 피에르 국왕 상'을 동시 수상한다. 이로 인해 2억 4천만 원에 해당하는 상금과 함께 출간 즉시 4만 부 이상이 팔려나가는 대성공을 거둔다.

이후 1년 6개월간 죽음이 우려될 정도로 심한 쇠약 증세에 시달리면서, 연작으로 기획된 '마지막 왕국Dernier royaume'의 집필에 들어간다. 키냐르는 이 연작의 각 권이 세상을 바라보는 각기 다른 창窓이 될 것이며, 이미 출간된 『은밀한 생』이 연작의 중간, 즉 제8권이나 제9권에 위치할 예정이며, 자신은 앞으로 이 시리즈를 쓰다가 생을 마감하게 될 것이라고 말한다.

2001   부친이 별세한다. 키냐르는 비로소 아버지에게서 물려받은 성姓(사회에 편입된 존재의 표지)으로 인한 부담과 아버지의 기대의 시선에서 완전히 풀려나 자유로워졌다고 고백한다.

2002   '마지막 왕국' 시리즈 제1·2·3권에 해당하는 『떠도는 그림자들Les ombres errantes』『옛날에 대하여Sur le jadis』『심연들Abimes』을 동시에 출간하고, 제1권으로 공쿠르 상을 수상한다.

소설 장르의 작품을 대상으로 하는 공쿠르 상의 속성상 탈脫장르적 혹은 범凡장르적인 키냐르의 작품은 심사위원들의 격렬한 찬반논쟁을 불러일으켰다고 전해진다. 하지만 이를 계기로 예술은 이미 구축된 '장르'라는 시스템을 내부에서 교란하고 궤멸하는 것이라는 문제의식이 확산된다.

2004   7월 10~17일까지 풍광이 수려한 노르망디 지방의 고성古城을 개조한 유명한 국제 학술회의 장인 스리지라살Cerisy-la-Salle에서 '파스칼 키냐르 학술회의'가 열렸다. 학술회의의 성과는 이듬해 『파스칼 키냐르, 한 문인의 면모들Pascal Quignard, figures d'un lettré』이라는 제목의 책으로 묶여 나온다.

2005   '마지막 왕국'의 제4·5권에 해당하는 『천상의 것들Les paradisiaques』『비천한 것들Sordidisimes』을 발표한다. 성스러운 것과 불결한 것, 아름다운 것과 추한 것은 양립되지 않는다는 생각이 한 쌍과도 같은 두 권에 녹아 흐른다.

2006   장 지오노Jean Giono 상을 수상한다
『빌라 아말리아Villa Amalia』를 발표한다. 총체적 장르에 속하는 '마지막 왕국' 시리즈가 남성적

글쓰기라면, 이 작품은 소설 장르에 충실한 여성적 글쓰기에 속한다. 키냐르는 자신이 줄곧 남성적 글쓰기를 지속하다 보니 심리적 균형을 맞출 필요를 느껴 자신 안의 여성성에서 비롯된 욕구에 이끌려 소설을 쓰지 않을 수 없었노라고 말한다.

이후로 '마지막 왕국' 연작과 소설을 번갈아 발표한다.

2007   『섹스와 공포 *Le sexe et l'effroi*』의 연작이라 할 수 있는 『성적인 밤 *La nuit sexuelle*』을 출간한다. 우리에게 결여된 '최초의 장면'(부모의 성교 장면)에 대한 탐색으로 성性을 주제로 한 글과 더불어 화가인 보슈, 뒤러, 렘브란트, 티치아노, 루벤스, 우타마로, 신윤복 등의 그림이 2백여 편 실려 있는 고급 장정본의 화보에 가까운 책이다.

2008   『부테스 *Boutès*』를 발표한다.
       『빌라 아말리아』가 영화(브누아 자코 Benoît Jac-

quot 감독, 이자벨 위페르Isabelle Huppert 주연)로 만들어져 개봉된다. 하지만 영화 「세상의 모든 아침」이 누린 성공과는 달리 흥행에 실패한다.

2009   '마지막 왕국' 시리즈 제6권인 『조용한 나룻배 *La barque silencieuse*』를 발표한다.

2010   6월 17~19일까지 파리 누벨 소르본 대학교에서 미레유 칼-그뤼베르Mireille Calle-Gruber 교수의 기획으로 '파스칼 키냐르, 예술의 먼 바다 혹은 뮤즈들에 의해 세분화된 문학Pascal Quignard, au large des arts ou la littérature démembrée par les muses'이라는 제목의 학술회가 열린다.

2011   1월 29일 파리 19구 라빌레트 극장에서 키냐르의 텍스트 『메데이아*Medea*』와 일본 부토舞踏의 대가 카를로타 이케다의 춤이 만났다. 키냐르의 낭독과 이케다의 춤이 어우러진 공연의 내용이 책 『메데이아』로 다시 소개된다.
       『신비한 결속』을 발표한다. 앞서 나온 『빌라 아말리아』와 짝을 이루는 소설이다.

2012	'마지막 왕국' 시리즈 제7권인 『낙마한 자들*Les desarçonnés*』을 발표한다.
2014	'마지막 왕국' 시리즈 제9권인 『죽도록 생각하다*Mourir de penser*』를 발표한다. 제8권의 자리는 앞서 말했듯이 『은밀한 생』이 차지한다.
	7월 9~16일까지 노르망디의 고성古城을 개조한 학술회의장 스리지라살에서 '파스칼 키냐르: 전이들과 변신들 Translations et Métamorphoses'이라는 주제로 키냐르에 대한 두번째 국제학술회의가 개최된다. 정확하게 10년 만이다.

작품 목록

Petits traités, tomes I à VIII(Adrien Maeght, 1990)

Dernier royaume, tomes I à IX :

Les ombres errantes(Dernier royaume I), (Grasset, 2002)

Sur le jadis(Dernier royaume II), (Grasset, 2002)

Abîmes(Dernier royaume III), (Grasset, 2002)

Les paradisiaques(Dernier royaume IV), (Grasset, 2005)

Sordidissimes(Dernier royaume V), (Grasset, 2005)

La barque silencieuse(Dernier royaume VI), (Seuil, 2009)

Les désarçonnés(Dernier royaume VII), (Grasset, 2012)

Vie secrète(Dernier royaume VIII), (Gallimard, 1998)

Mourir de penser(Dernier royaume IX), (Grasset, 2014)

L'être du balbutiement(Mercure de France, 1969)

Alexandra de Lycophron(Mercure de France, 1971)

La parole de la Délie(Mercure de France, 1974)

Michel Deguy(Seghers, 1975)

Écho, suivi d'Épistole d'Alexandroy(Le Collet de Buffle, 1975)

Sang(Orange Export Ldt., 1976)

Le lecteur(Gallimard, 1976)

Hiems(Orange Export Ldt., 1977)

Sarx(Maeght, 1977)

Les mots de la terre, de la peur, et du sol(Clivages, 1978)

Inter Aerias Fagos(Orange Export Ldt., 1979)

Sur le défaut de terre(Clivages, 1979)

Carus (Gallimard, 1979)

Le secret du domaine (Éd. de l'Amitié, 1980)

Les tablettes de buis d'Apronenia Avitia (Gallimard, 1984)

Le vœu de silence (Fata Morgana, 1985)

Une gêne technique à l'égard des fragments (Fata Morgana,
    1986)

Ethelrude et Wolframm (Claude Blaizot, 1986)

Le salon du Wurtemberg (Gallimard, 1986)

La leçon de musique (Hachette, 1987)

Les escaliers de Chambord (Gallimard, 1989)

Albucius (P. O. L, 1990)

Kong Souen-long, sur le doigt qui montre cela (Michel
    Chandeigne, 1990)

La raison (Le Promeneur, 1990)

Georges de la tour (Éd. Flohic, 1991)

Tous les matins du monde (Gallimard, 1991)

La frontière (Éd. Chandeigne, 1992)

Le nom sur le bout de la langue (P. O. L, 1993)

L'occupation américaine (Seuil, 1994)

Les septante (Patrice Trigano, 1994)

L'amour conjugal (Patrice Trigano, 1994)

Le sexe et l'effroi (Gallimard, 1994)

La nuit et le silence (Éd. Flohic, 1995)

Rhétorique spéculative (Calmann-Lévy, 1995)

La haine de la musique (Calmann-Lévy, 1996)

Terrasse à Rome (Gallimard, 2000)

Tondo, avec Pierre Skira (Flammarion, 2002)

Inter Aerias Fagos, avec Valerio Adami (Galilée, 2005)

Écrits de l'éphémère (Galilée, 2005)

Pour trouver les enfers (Galilée, 2005)

Villa Amalia (Gallimard, 2006)

L'enfant au visage couleur de la mort (Galilée, 2006)

Triomphe du temps (Galilée, 2006)

Requiem, avec Leonardo Cremonini (Galilée, 2006)

Le petit Cupidon (Galilée, 2006)

Ethelrude et Wolframm (Galilée, 2006)

Le solitaire, avec Chantal Lapeyre-Desmaison (Galilée, 2006)

Quartier de la transportation, avec Jean-Paul Marcheschi (Éd. du Rouergue, 2006)

Cécile Reims Graveur de Hans Bellmer (Éd. du Cercle d'art, 2006)

La nuit sexuelle (Flammarion, 2007)

Boutès (Galilée, 2008)

Lycophron et Zétès (Gallimard, 2010)

Medea (Éditions Ritournelles, 2011)

Les solidarité mystérieuses (Gallimard, 2011)

Sur le désir de se jeter à l'eau, avec Irène Fenoglio (Presses Sorbonne Nouvelle, collection Archives, 2011)

L'Origine de la danse (Galilée, 2013)

Leçons de solfège et de piano (Arléa, 2013)

La suite des chats et des ânes, avec Mireille Calle-Gruber (Presses Sorbonne nouvelle, collection Archives, 2013)

Sur l'image qui manque à nos jours (Arléa, 2014)

Critique du jugement (Galilée, 2015)

Princesse vieille reine, Cinq contes (Galilée, 2015)

Le Chant du Marais (Chandeigne, 2016)

Les Larmes (Grasset, 2016)

Dans ce jardin qu'on aimait (Grasset, 2017)

Une journée de bonheur (Arléa-Poche, 2017)

Performances de ténèbres (Galilée, 2017)